元極道CEOの重すぎる深愛

仮婚約者はひたむきで獰猛

ルネッタブックス

CONTENTS

Lunetta

プロローグ

「この縁談は、美花《みか》の身を守るためだ。少しの間、耐えてくれ」

極道の世界に身を置く父は、歴史ある清香組《きよかぐみ》の組長だ。そんな父に「身を守るためだから」と言われて、渋々この婚約話を受けることを決めた。

父としては、私を極道の世界に関わらせたくないと思っている。

緊急事態だとはいえ、美花をこの世界の人間と引き合わせることに申し訳なさを感じているようだ。

「大丈夫よ、お父さん。だって、私の身を守るためには仕方がないのでしょう？」

笑いかけると、父は今にも泣き出しそうな複雑な表情になる。組長の威厳が形無しだ。

そんな父を見て苦笑する。これは見せかけの縁談だからだ。

自分の身を守るため、そして両親を守るために期間限定で婚約をするだけ。

だから、そんなに心配しなくても大丈夫だよと父に言うと、また泣きそうな顔をした。

父がこんな調子だから、こちらが不安がるわけにはいかない。ますます父が罪悪感に押しつぶされてしまう。

全然平気よ、と言って、父を安心させようと必死になる。だけど、内心では不安でいっぱいだ。

あの男から逃れるため。期間限定の婚約をするだけ。

わかっているけれど、見ず知らずの男性と――それも極道の世界にいる人と――婚約することに及び腰になってしまう。

――だって、私には大好きな人がいるから。

彼のことを思い出すと、胸の奥が軋むように痛む。

本当は彼の手を取って、ずっとずっと一緒にいたかった。

ようやく両想いになったばかりだったのに……どうして、こんな運命に翻弄されなくてはいけないのだろう。

急に仕立てられた形式だけの見合いとはいえ、現在の美花は立派な振袖に身を包んでいる。

この振袖は、成人になったときに父が買ってくれた大事な着物だ。

今度着るときは友人の結婚式だろうと考えていたのに、まさか自分の見合いもどきで着ることになるなんて。

人生どこでどうなるかなんて、本当にわからないものだ。それを今、身をもって実感している。

――うん、本当に何が起こるかなんて、わからないものかも……。

現在、偽りの婚約者と、この立派な極道一家の本家で対面を果たしていた。

だけど、そこにいたのは、ずっとずっと好きでようやく両想いになったばかりの人だったのだ。

どうして、ここに彼がいるのだろう。だって、彼は堅気の人間なはず。

だからこそ、彼に迷惑はかけられないと、連絡をもらっても逃げ回っていたのに……。

親たちの話し合いが続く中、呆然としたまま俯いてこの現実をなんとか受け止めようと必死になる。

「では、あとは若い二人で色々と話しなさい」

相手側の親、彼の男親である秋雷会《しゅうらいかい》組長の声でハッと我に返ったが、もう遅かったようだ。

この和室に、彼と二人きりになってしまう。

慌てて父のあとを追いかけようと腰を上げた美花の手を掴み、彼はそのまま畳へと押し倒してきた。

目を見開いて硬直していると、彼は美麗な笑みを浮かべてこちらを見下ろしている。

危険な香りがした。いつもの彼ではない。そんな危機感を覚える。

「あ、あの――」

話しかけようとした瞬間だった。彼は覆い被さり、キスを仕掛けてきたのだ。

最初から深く情熱的なキス。そう、二人の気持ちが蕩け合ったあの夜よりもっと、何かを懇願されるような口づけだった。

激しさの中にも、身悶えるような快楽を与えてくる。そんなキスに酔いしれ、身体からすべての力が抜けてしまった。

ようやく解放された唇は熱を持って、見るからに腫れぼったくなっているだろう。

それほど、深く甘やかな時間を刻むように口づけられて、美花の身体は蕩けるようだった。

無防備。まさに今の美花を表す言葉だろう。

着物の裾がずり上がり、足が露わになってしまった。その足に触れながら、彼は誘惑するような甘い声で誘ってくる。

「俺はね、優しいだけの男じゃないんだよ、美花ちゃん。――ねぇ、俺のモノだって実感したいから、もっとキスしていい？」

そう言った彼はどこか凶悪なほどの魅力を湛えていて、まさに今、美花を捕食しようとしていた。

1

――すっかり遅くなっちゃったなぁ……。

八木沢《やぎさわ》美花は、慌ててデスク周りの片付けをし始める。

仕事が思うように終わらなくて、気がつけば予定していた退社時間をかなり過ぎてしまっていた。

大学卒業後からゲームアプリ会社〝ATarayo《アタラヨ》〟で働き出して二年目の二十四歳。

なかなか後輩は入ってこないが、上司も先輩たちもとてもいい人ばかりで職場環境はすこぶるいい。

今日も忙しそうなゲーム制作スタッフに挨拶をしたあと、更衣室に飛び込んでメイクを直す。

ササッと身支度を済ませると、オフィスを飛び出した。

ちょうどやって来ていたエレベーターに乗り込み、バッグからスマホを取り出して時間を確認する。

現在、夜の八時を少し回ったところだ。今から急いで行けば、短い時間になってしまうけれど行きつけのカフェでお茶を楽しめるだろう。ちょっとホッとした。

今から目指すのは、夕方から開店して日付が変わる前に終わるという少し変わったカフェだ。

店名は、〝星《ほし》の齢《よわい》〟。星の齢とは、星が出ている夜の時間という意味だと聞いている。

「星が出ている夜の時間と言っても、日付が変わる前にはクローズしてしまうけれどね」

そんなふうに、カフェのオーナーである佐宗大晟《さそうたいせい》は大人の色気を漂わせながら笑って言っていた。

大晟は本当に素敵な男性だ。長い手足に整った体躯。美麗な顔立ち、凛とした佇まい。

どこを見てもパーフェクトで、毎回見惚れてしまうほど。

今夜も彼を前にしたら、美花は逆上せ上がってしまうに違いない。想像して苦く笑う。

日付が変わる頃に閉店なのだから、今から行けばゆっくりと店内で寛ぐことができる。だけど、
それを大晟は絶対に許してはくれない。

「美花ちゃんの店内滞在時間は、九時まで。それ以降は、お帰りいただきます」

と言われてしまっているのだ。

女の子一人で遅い時間に夜道を歩かせるわけにはいかない。それが彼の口癖でもある。

だからこそ、今夜はもっと早くに仕事を終えてカフェに行きたかったのに……。

盛大にため息をつきながら、逸る気持ちを抑えるのに必死だ。

少しでも長くお店に滞在していたいという思いが強くて、オフィスビルの一階に着くまでの少し

の時間でさえもソワソワしてしまう。

——昨夜、大晟さんに七時半ぐらいにお店へ向かうって連絡しておいたのに。心配しているかも。念のために、仕事で遅れてしまうかもしれない旨は伝えてあるけれど……。

美花はスマホを取り出し、『今からカフェに向かいます』とメールをする。

本当はもっと前に連絡しておきたかったのだけど、引っ切りなしに電話が入ってしまってなかなか席を立つことができなかったのだ。

ため息をついていると、すぐに大晟からメールが届く。

『了解。気をつけてね』

その文面を見て、顔が綻ぶ。

カフェのオーナーである大晟とは出会った当時に連絡先を交換していて、カフェに行く日は必ずメールをしてほしいとお願いされている。

というのも、大晟はカフェに常にいるとは限らないからだ。

詳しく聞いたことはないけれど、いくつかお店を持っているらしく、あちこちを飛び回っているそうだ。

そんなに忙しいのに、わざわざ美花のためにカフェへと出向いてもらうのは気が引ける。

そう伝えたことがあるのだけど、「せっかく美花ちゃんがカフェに来てくれるのに、会えないのは寂しいでしょ？」と言って、絶対に連絡を寄越してほしいとお願いされているのだ。

もちろん仕事が忙しくて無理そうなときは、彼はきちんと伝えてくれる。

だからこそ、美花は安心してメールができるのだけど。

大晟が美花にメールを要求してくる理由。彼は言わないけれど、おそらく出会ったきっかけが関係しているのではないかと推測している。

それがわかっているから、美花は彼の言いつけは守るようにしているのだ。

あのとき、大晟は美花を窮地から救い出してくれた。

そのときの彼の優しさが心に染み入り、信頼や憧れから恋に発展していくのに時間はかからなかった。

あのときのことを思い出すたびに、大晟への恋心が大きくなっていく。そんな気がしている。

エレベーターは一階ロビーに到着し、急ぎ足で降りる。

そのままの歩調で、会社のオフィスが入っている商業ビルを飛び出す。

ふと、ビルの横を通ったとき、ガラス越しに自身の姿が見えて美花は足を止めた。

そこにはいつもより少しだけ気合いが入った格好をしている美花が映し出されている。

ベビーピンクのモヘアニットに、グレーのロングプリーツスカート。足下は茶系統のパンプスを合わせてみた。

薄手のノーカラーコートを羽織り、大人女子を目指してみたけれど……。

一六〇センチの痩せ型だが、魅力的に見えているだろうか。

仕事中は邪魔になるのでシュシュで纏めているロングの黒髪は、先程下ろしてきた。

とてもクールに見えると言われるが、中身はなかなかに乙女だ。

かわいいものが大好きで、本当ならもっとキュートな格好をしたいところ。しかし、全然似合わないことは自分でもわかっているので、なるべく大人しめな格好を心がけているのだけど……。

美花はそう心の中でひとりごちながら、上から下までサッと視線を向けて確認をする。

「服装よし！　メイクよし！　髪型は……」

少しだけ乱れてしまっていた髪を手ぐしで整えたあと、再び歩み出す。

勤務先からカフェまでは、徒歩で十分。この時間がもどかしい。

バッグと一緒に持っているペーパーバッグの持ち手をキュッと握りしめる。

このペーパーバッグの中には、大晟へのプレゼントが入っている。今日は、彼の誕生日だからだ。

日頃の感謝を込めて、彼にプレゼントを渡したい。そう思って、美花はかなり前から何をプレゼントしようかと悩み考えた。

悩みに悩んだ結果、マグカップを購入。少し前に大晟が「愛用していたマグカップを落として割ってしまったんだ」と残念がっていたのを思い出したからだ。

もっと気の利いたものを、とも考えたのだけど、あまり高価なものをプレゼントして気を遣われても困る。

美花と大晟の仲なら、きっとこれぐらいの手頃なプレゼントが妥当なのだと思う。

――本当は、大晟さんの恋人になりたいんだけどなぁ。そうすれば、彼の誕生日をもっと違う形でお祝いできるのに…。

彼から見て、美花はカフェの常連客。よく言って妹的存在だ。

大晟は今日、三十五歳になった。大人の男性である。彼の傍には、きっと素敵な女性がいるはずで、美花など眼中にもないだろう。

それに、美花にはとある事情があり、彼に想いを伝えることはできない。

だからせめて、カフェの常連客として彼と接したいと思っている。

それ以上を望んではいけない。ただ、あのカフェで彼が淹れてくれたドリンクを飲む。

その穏やかな時間だけは、できる限り続けていきたい。それで満足しなくちゃと自分に言い聞かせている。

わかっているし、とため息を吐き出すと、白く煙る。

今から大好きな彼に会いに行くというのに、ブルーな気分ではダメだ。

心を落ち着けて、カフェへの道を急いで歩く。

十一月ともなれば、夜はだいぶ冷え込んでくる。

今日は一気に気温が下がったようで、もう少し厚手のコートにすればよかったと後悔をした。早くカフェに行って、温かい飲み物を注文しよう。今日は何がいいだろうか。

大晟が出してくれるものは、なんでも美味しい。だから、何を注文しようかといつも迷ってしまう。

今日はイレギュラーで残業になり、差し入れのピザをいただいたばかり。お腹は満たされているので、飲み物だけの注文になりそうだ。

——今日はココアにしよう。

そんなふうに考えながら、ペーパーバッグを大事に持ち直す。

「マグカップ、使ってくれるといいなぁ」

足取り軽くウキウキ気分で歩道橋を上っていく。ここを下りてすぐのところに、大晟がオーナーをしているカフェ〝星の齢〟がある。

スタイリッシュな外観を横目に、木製のドアを開く。

カランカランとドアベルの音が鳴ると、「いらっしゃいませ」と大晟が笑顔で出迎えてくれた。

——あぁ！　癒やされる……っ！

キラキラとした優しげな笑みを浮かべている大晟を見るたびに、疲れなど吹っ飛んでしまいそうになる。それほど彼の笑顔には癒やし効果があると思う。

白のシャツ、黒のパンツ、そしてギャルソンエプロン。シンプルな装いなのに、どうしてこうまで上品でエレガントに見えるのだろうか。

背が高くスラリとしていて、スタイル抜群だ。サラサラの黒髪はセンターパートで分けられていて、整髪料で整えられている。

時折、セットが乱れて目にかかる前髪。それがまたセクシーでドキドキするのだ。

端正な顔は、誰もが惹かれてしまうほど美しい。男性に美しいという言葉はあまり使わないかもしれないが、本当に美しいのだから仕方がない。

「カウンターでいい？」

「はいっ！」

むしろそれ以外の選択肢はない。笑顔で頷くと、彼もまた柔らかい笑みを向けてくれた。

直視できないほどのかっこよさに、身悶えてしまいそうだ。

もちろん、そんな姿を彼に見せられるはずもなく、大人しくカウンター席へと向かう。

暖かな店内にホッとしながら着ていたコートを脱いで椅子に腰掛けると、すぐさま大晟は温かいおしぼりとお冷やを出してくれる。

「美花ちゃん、今日も仕事お疲れ様」

「ありがとうございます、大晟さん」

彼がにこやかに声をかけてくれるから、こちらも知らず知らずのうちに笑顔になってしまう。仕事の疲れなど彼の笑顔を見たら一瞬で吹き飛んでいった。大げさではなく、これは本当だ。

「今日は何にする？」

「えっと……、ココアをお願いします」

「ふふ、ココアだね」

なぜか吹き出すように笑われて、美花は首を傾げる。何かおかしなことを言ってしまっただろうか。

不思議そうに美花が彼を見ると「ごめんね」と眉尻を下げて謝ってきた。

「美花ちゃん、いつも何にしようかってものすごく迷うでしょう？　だから、今日も悩むのかなぁって予想していたんだけど……。すぐに決まったから」

「あぁ……」

確かにその通りだ。いつもメニュー表とにらめっこをしている時間が長いのは自覚している。

なんだか気恥ずかしくなって、視線を泳がせた。

「だって、大晟さんの作るものはどれも美味しいから迷っちゃうんです。私は悪くないですっ」

大晟の目がなんだか面白がっているように見えて、反抗してみたくなった。

すると、彼は「ごめん、ごめん」とクスクスと笑いながらホーローの小鍋を手に取る。

「困らせちゃってごめんね。うちのメニュー、どれも美味しいから」

「ふふっ」

冗談っぽく自画自賛する彼がかわいい。美花は思わず笑いを零した。

声に出して笑い続ける美花を見て、彼はなんだか嬉しそうだ。

彼にしてみたら常連客へのリップサービスなのかもしれないが、今この時間だけは勘違いしたかった。

女性として好意を抱いてはくれないだろうけど、常連客としては親しみを持ってもらえたら嬉しい。

じゃあ、少し待っていてね。大晟はそう言うと、ココアを作り始めた。

ふと、店内が気になって美花は周りを見回すが、今夜は他のお客がいなかった。

このカフェはとても人気があって、客が一人もいないなんてときはあまりないのだ。

珍しいこともあるんだなぁと思いながら、美花は心の中でガッツポーズをして喜ぶ。

誕生日プレゼントをいつ渡そうかと悩んでいたのだけど、誰もいないのなら好都合だ。

手元に置いておいたペーパーバッグを取り出そうとしたが、動きを止める。

——いつもなら店員である野垣《のがき》さんがいるのだけど……。

それとなく、カウンターの中もチェックする。誰もいなさそうだ。今日は大晟だけなのだろうか。

キョロキョロと野垣がいるのか確認して首を捻っていると、「美花ちゃん」と大晟が声をかけてきた。

美花が彼を見ると、ニコニコ顔で小首を傾げている。

「どうしたの？」

「え？」

「さっきから、キョロキョロして店の中を見ているけれど。誰か探している？」

「えっと……」

そう言った途端、なぜか大晟の目が急に冷たくなったように感じた。

え、と驚いて瞬きをしている間に、美花の前には温かい湯気が立ち上ったココアが置かれる。

「わぁ、美味しそう！　かわいい！」

熱々のココアの上には生クリームがトッピングされているのだが、一緒に小さなチョコ味のマシュマロが添えられていた。

実は、このカフェでココアを頼んでも、普段は小さなマシュマロがいくつか散らされているだけ。

常連客である美花にだけ、こうしてこっそりとオマケをしてくれるのだ。

それに気がついたとき、ものすごく嬉しかったのを美花は思い出す。

今日もかわいらしくトッピングされたココアを見て、幸せを噛みしめた。

大晟の一番になれなくても、こうして普通の女の子より特別に扱ってくれる。

そのことにちょっぴりだけ優越感を覚えて、顔がニヤけてしまう。

ココアに気を取られて歓声を上げていると、「美花ちゃん？」となぜか緊張感漂うような声で大晟が話しかけてきた。

会話の途中だったと慌てて顔を上げたのだが、美花の目の前にいる大晟はどこか不服顔だ。

「えっと、ごめんなさい。お話の途中だったのに……。えっと、誰か探しているのかって聞かれたんでしたよね？」

思わず慌ててしまう。大晟は一応、表面上は柔らかい雰囲気を保っている。だが、目がどこか笑っていないように見えるのは気のせいだろうか。

「えっと、大晟さん……？」

たじろぐ美花の方へと身を乗り出し、大晟は顔を近づけてきた。

——ち、ちか……近いっ！

思わず身体を仰け反らせてしまう。彼の美麗な顔が間近に映り、美花の心臓があり得ないほどバクバクと音を立てる。

大晟はどうも人との距離感がたまに曖昧になるときがある。こんなふうに急に顔を近づけられるのは、何も今日だけではない。

心臓に悪いよ、と美花が内心で戸惑っていると、彼は満面の笑みを浮かべた。

綺麗な人の笑みは素敵ではあるのだけど、どこか凄みを感じる。

美花が息を呑んで大晟を見つめていると、彼は身を乗り出したまま聞いてくる。

「もしかして、美花ちゃんは野垣を探しているのかな？」

「あ、はい」

素直に答えると、なぜか彼の顔が引き攣った。

どうしてそんな表情になるのかと不思議に思いながら、美花は膝の上に大事に置いておいたペーパーバッグを彼に差し出した。

すると、大晟はその切れ長の綺麗な目を一瞬大きく見開く。驚く顔なんてレアかも、そんなことを考えながら、彼に話しかけた。

「えっと……。今日、大晟さん、お誕生日ですよね？」

より驚きを浮かべる彼に、美花は頬を綻ばせた。

「お誕生日おめでとうございます、大晟さん」

祝いの言葉を言うと、先程までの表情から一変。ゆっくりとその美麗な顔に本来の笑みが戻ってきた。

直視するのもまぶしいほどキラキラな笑顔を見て、今日のうちに彼の誕生日を祝えてよかったと美花はホッと胸を撫で下ろした。

ようやく美花の手からペーパーバッグを受け取った大晟を見て、照れ笑いをする。

「大したものではないんですけど……。もしよかったら使ってください」

大晟は美花から受け取ったペーパーバッグを大事そうにギュッと抱きしめた。

「ありがとう、美花ちゃん。今年も覚えていてくれたんだね……」

感慨深そうに言う彼を見て、美花は「もちろんですよ」と大きく頷く。

「大晟さんにはいつもお世話になっていますし。感謝の気持ちを込めました」

「美花ちゃん……」

目をますます輝かせて喜ぶ彼を見て、美花も嬉しくなる。

ココアのカップを両手で持って口をつけていると、彼はワクワクした様子で聞いてくる。

その顔を、なんだか子どもみたいでかわいらしいと思った。

「開けてもいい？」

「もちろんです。だけど……、本当に大したものじゃないですからねっ！」

喜んでくれるのは嬉しいのだけど、過剰に期待されると気が引けてしまう。

そんな美花の気持ちをよそに、彼はペーパーバッグから小さな箱を取り出してラッピングを丁寧に解いていく。

中から出てきたのは、マグカップ。スタイリッシュなデザインを見たとき、美花が大晟に合うんじゃないかと思った代物だ。

「美花ちゃん。愛用のマグカップを割っちゃったっていう話を覚えていてくれたんだね。ありがとう」

「いえいえ。もしよかったら、使ってくださいね」

何度も悩み考えたプレゼントが、彼の手元にある。それだけで嬉しい。

美花は美味しいココアを飲みながら、プレゼントしたカップを持って喜んでいる大晟を見つめる。なんて至福のひとときだろう。

一方の大晟はマグカップを大事そうに両手で持つと、真剣な表情でそれを見つめ出した。

「大事すぎて、使えそうにもないなぁ。……神棚にお奉りして、毎日拝もうかなぁ」

本当か嘘かわからないほど真面目に言うものだから、美花は思わず吹き出してしまった。

「もう、大晟さんったら」

「いや、もう本当マジで。大事すぎて使えないよ」

「使ってください。一生懸命選んできたんですから」

えへへ、と美花が照れて笑うと、彼は大輪の花が綻ぶように「わかったよ。ありがとう、美花ちゃん」と笑顔を向けてくれた。

——そう、この笑顔が見たかったんだ！

大晟の笑顔が大好きな美花は、彼の笑顔を見たくてカフェに通っていると言っても過言ではない。

大切に使わせてもらうからね、と言いながらマグカップを箱の中にしまったあと、彼はなぜだか神妙な顔つきで美花に聞いてきた。

「ところで、美花ちゃん。どうして、野垣を探していたの？」

そういえば、最初はその話をしていたのだった。美花はそのことを思い出したあと、照れくさくなって視線を泳がせる。

「だって、大晟さんに誕生日プレゼント渡すとき。誰もいないときの方がいいなぁと思っていたから」

「え？」

「気持ちを込めて、渡したかったので」

このときだけは、彼を独り占めしたかったから。そんなふうに言えたらよかったのだけど、ただの常連客がそんなことを言い出したら引かれてしまう。

だから、美花にとってこれが精一杯。大晟に対しての愛の言葉だ。

言ったあとで猛烈に恥ずかしくなってしまい、美花は慌ててココアを一口飲む。

ちょうど飲み頃になっていて、疲れた身体にこの甘さが染み渡る。

目の前には誕生日を迎えてますます大人な男に磨きをかけた大晟がいて、美花が渡したプレゼントを喜んでくれている。

そして、今このときだけは、彼を独り占めできている。それを実感して、美花は幸せを噛みしめた。

なんだか大晟を直視できなくてココアに目を落としていたのだけど、ゆっくりと視線を上げる。

すると、なぜだか彼は急に美花から顔を背けた。

どうして？　と不安が押し寄せてきたが、心なしか彼の耳が赤い気がする。

でも、それは美花の都合のいい解釈であり、気のせいだろう。

何事にもスマートで大人な大晟が、美花のような小娘の言動に心を動かされるなんてことはない。

ちょっぴり寂しさを感じるが、それも仕方がない。美花と大晟では、色々な面で釣り合わないことぐらい十分わかっているから。

――そんなこと悩む必要なんて、残念ながらないんだけどね。

いくら美花が彼を好きだったとしても、彼が美花を好きになってくれなければ何も始まらないのだから。

それに、美花の出生には重大な秘密が隠されている。だからこそ、万が一大晟が美花のことを想ってくれていたとしても、二人は結ばれるわけにはいかないのだ。

大晟が背中を向けてカップを片付けている様を見つめながら、美花は小さく嘆息した。

温かいココアを飲み終わると、心も身体もポカポカになった。

「あぁ、幸せ」

小さく呟くと、大晟が振り返りながら「何か言った？」と聞いてきたので、ユルユルと首を左右に振る。

美花が笑ってごまかすと、彼は不思議そうにしながらも柔らかくほほ笑んでくれた。

キュンと胸が締め付けられてしまう。やっぱり、好きだ。彼が大好きだ。

噛みしめるようにこの幸せな時間を満喫していると、美花の高揚した気持ちに九時を知らせる柱時計のメロディーが水を差してくる。

今日は大晟の誕生日だ。もう少しだけ一緒にいたい。

こうして二人きりになれるときなんてほとんどないのだから、もっともっとこの時間を楽しんでいたい。

童話のシンデレラだって十二時までに家に帰ればいいのだから、現代社会で生きる美花だってたまには延長して夜を楽しんだっていいじゃないか。

そんな気持ちでいたのだけど、美花の想い人の考えはやっぱりブレない。

時計を今一度確認したあと、彼はエプロンを外しながら常套句《じょうとうく》を告げてくる。

「ほら、美花ちゃん。そろそろ帰る時間だよ」

「……」

「駅まで送っていくから。行こうか。そろそろ野垣も帰ってくると思うし」

やっぱりこの人は意地悪だ。少しぐらいこちらの気持ちを考えてくれたっていいじゃないか。

でも、彼がこんなふうに美花を心配してくれるのは、あの出来事が原因だってわかっている。

だからこそ、不服に思いながらも彼に従っていた。でも、今日だけは少しだけ我が儘になりたい。

美花は唇を少し尖らせながら、カウンターから出てきた大晟を見上げる。

「もう少しだけ……ここにいちゃダメですか？」

「っ」

なぜだか、彼が一瞬息を呑んだ気がした。何も言わない大晟を見て、もう少しプッシュすれば願いが叶うかも、と美花は意気込む。

「今日は大晟さんのお誕生日だし。こんなふうに二人きりになるなんて、あんまりないじゃないですか」

「……」

「もう少しだけ、大晟さんとお話ししたいです」

かなり勇気を振り絞ったつもりだ。少しだけでいいから、願いを叶えてほしい。

切望しながら大晟を見つめた瞬間だった。彼が何かを言いかけたとき、裏口から野垣が入ってくる。

「外、めっちゃ冷えていますよ、大晟さん。……あ、美花さん。いらっしゃーい」

「えっと、お邪魔しています」

「お邪魔なんてとんでもない。うちの大事なお客様なんだから」

いつも通り陽気な野垣は豪快に笑いながら、店の冷蔵庫に食材を入れていく。

野垣は美花より五つ年上だ。あまり年齢差を感じないのは、彼がベビーフェイスだからだろう。

皆に愛されるキャラクターで、お店のお客からも人気が高い人だ。

なんだか出鼻をくじかれた気分になる。美花はチラリと大晟に視線を向けたのだけど、彼は感情が読めない表情をしていた。

美花の視線に気がついたのか。大晟はこちらを見て、有無を言わさぬ笑みを浮かべてくる。

「さぁ、美花ちゃん。送っていくよ」

「……はい」

やっぱり今日も延長は認められなかった。美花はガックリと項垂れてしまう。

あのまま野垣が来なければ、美花の願いを受け入れてくれそうな雰囲気だったのに。

残念だったなぁと心の中で呟いたあと、椅子から立ち上がってコートを着る。

野垣に「また来てね」と見送られながら、大晟と肩を並べて駅へと向かう。

つい先日まではハロウィンのディスプレイで街が溢れ返っていたのに、今度はクリスマスに向けて模様替えされている。

煌《きら》びやかなライトアップを見るだけで、心が浮き立ってしまうのは美花だけではないだろう。

店を出た途端、冷たい風が吹き付けてくる。外が冷えてきたと野垣が言っていたが、確かに店に入る前よりも寒くなったかもしれない。

ノーカラーコートなので、首元が冷える。コートの前を引き寄せて、美花が寒さを凌《しの》ごうとしたときだ。

ふわりと男性用のコロンの香りがしたのと同時に、ほんわかとした温かさが首を覆った。

え、と驚いて美花が自分の首元を見ると、黒色のマフラーが巻かれている。

「大晟さん？」

「美花ちゃん、首元寒そうだったから。よかったら使って？」

「えっと、あの……」

彼の体温と香りがまだ残るマフラー。それが自分の首に巻かれた瞬間、彼に背後から抱きしめられたような感覚に陥ってしまった。

身体中が熱くなってくる。どうしよう。胸が苦しいほど、ドキドキする。

逆上せ上がって何も考えられる状況じゃない美花に、「俺が使っていたので悪いけど」と大晟は大人の色気たっぷりにほほ笑んでくる。

嬉しくて何も言えずにいると、彼は不安そうな表情で見つめてきた。

「おじさんが使ったものじゃ、イヤだったかな？」

「と、とんでもない！」

両手を前に出し、首と手を振りながら否定する。

「大晟さんは、おじさんじゃありません！」

「そう？　俺と美花ちゃんじゃ、十も年が離れているでしょう？」

そう言ったあと、ますます悲しそうな表情になりながら「今日誕生日が来たから十一歳差か……」と眉尻を下げながら言う大晟は、反則なほどかわいい。胸がキュンキュンしてくる。

スマートで大人の色気が漂う彼が、時折見せてくる無防備な表情。それを見て、美花がどれほど萌えているのか彼は知らない。

ドキドキしすぎて心臓が痛くなる。少し落ち着け、と美花は自身に言い聞かせた。

「春が来れば、私も誕生日が来ますから。すぐに十歳差に縮まりますよ」

「それでも、十歳差かぁ」

なぜか盛大にため息をついたあと、大晟はどこか寂しそうな声で呟いた。

彼は今も魅力的だけど、これから年を重ねていくたびに魅力が増していくはず。そう断言ができるほど、素敵な人だ。

美花からしたら、大晟ほど年齢不詳な人はいないと思っている。

今日、三十五歳になった大晟だが、見た目は二十代後半。それも、時折二十代前半にも見えるような無防備な顔も持っていると思うのだけど……。

彼は年の差を気にしているようだけど、美花からしたらそんなことだけで彼への想いは揺らがない。断言できる。

大晟はいつも穏やかで、誰に対しても優しく丁寧だ。

考え方も大人で相談事にも真摯に向き合ってくれる。美花にとって尊敬できる人だ。

「大晟さんは、私にとって見本とすべき人です。こんなに素敵な大人になりたいなぁっていつも思っているんですよ？」

年を取ったことでナーバスになっているのかもしれない。少しでも気分を上げてもらいたくて言ったのだけど……。

彼は駅前に設置されたばかりのクリスマスツリーを眺めながら微かに笑う。

「もしさ、美花ちゃんが男と付き合うとしたら。年齢差はどこまでならＯＫ？」

「え……？」

ドキッとした。まさか、彼がそんなことを聞いてくるなんて。

率直な意見を言わせてもらえるのならば、年齢差なんてどうだっていいと答えるだろう。

大晟であれば、年の差なんて関係ない。そうはっきり言ってしまいたかった。

だけど、そんなふうに言ってしまったら、美花のこの報われない恋心を彼に晒すことになってしまう。

どうやって答えようかと美花が考えていると、彼は屈託なくほほ笑みかけてきた。

「同級生の友達がね。若い女の子を好きになっちゃったみたいでね」

「え？」

「女の子から見て、俺ぐらいの年齢の男についてどう思っているのかなって」

「あぁ……」

納得したと同時に落胆した。そういうオチでしたか、と項垂れたくなる。

がっかりしすぎてしゃがみ込みたくなるのをグッと堪え、「そうですねぇ」と美花は考え込む素振りを見せた。

考えなくても、答えは決まっている。美花は切ない気持ちを押し込めながら、彼を見上げた。

「私の意見ですけど。好きになっちゃった人なら、何歳だってかまわないと思いますけどね」

「……そう？」

「はい。結局お互いの気持ちが通いさえすれば、年齢なんて些細《ささい》なことだと思いますよ」

溢れ出す気持ちを抑えながら言える、ギリギリのラインの回答だ。これで勘弁してもらいたい。

ニコッと笑顔でダメ押しすると、大晟は何度か瞬きを繰り返したあとに柔らかい表情になった。

友人に伝えておくよ、とほほ笑む彼を見て、美花は笑ってごまかす。

彼に貸してもらったマフラーを口元まで上げて、表情を隠した。今の自分はきっと彼に向かって〝好きですオーラ〟が出てしまっているはず。

内緒にしておかなければならない気持ちだ。彼に悟られるわけにはいかない。

――このまま時が止まってしまえばいいのに。

そんな叶うはずもない願いを心の中で呟く。改札は、すぐ目の前だ。

改札の前まで来ると、大晟の足が止まる。ここでさよならをしなければならない。

そこで美花は思い出す。彼から借りていたマフラーを返さなくては。

慌ててマフラーを取ろうとすると、それを大晟は止めてくる。

「貸してあげるから、そのまま巻いていって」

「で、でも……」

借りたままでは、今度は大晟が寒い思いをしてしまう。そう思って美花は彼を見つめたのだけど、首を横に振った。

「大丈夫。自宅にはまだマフラーはあるし。美花ちゃんが使って」

「大晟さん」

「今度、カフェに来るときに返してくれればいいから」

「はい」

彼に引く気はないようだ。それがわかって美花が苦笑いをしていると、彼はマフラーに手を伸ばしてくる。

「ほら、ちゃんと巻いて。風邪を引いてしまう」

そうして彼はマフラーをふんわりと巻き直すと、満足げに頷いた。

だが、こちらとしては心臓が破裂してしまうのではないかと心配になるぐらいにドキドキしている。

きっと顔は真っ赤になっているだろう。それに大晟が気がついているはず。だけど、指摘してこないのは大人だなと思う。

そこでまた年齢の差を感じてしまって、落ち込む。大晟も年齢を気にしている様子だったけど、美花も人のことは言えないようだ。

こっそりと苦笑したあと、彼に頭を下げた。

「ここまで送っていただき、ありがとうございました」

「いいんだよ。美花ちゃん、気をつけて帰ってね」

にこやかに手を振る大晟を見て、寂しくなってきてしまう。今度会えるのは、いつだろうか。

大晟にとって、美花はただの常連客だ。だからその距離を保つために、あまり頻繁にはカフェに行かないように心がけている。

大晟は、時折しか店に立たない。それなのに、美花がメールをすれば、時間が許す限り店に来てくれている。

それに、帰りはこうして駅まで送ってくれるのだ。彼の手を煩わせているのは、わかりきっている。彼の迷惑にならないようにと思いながらも、やっぱり彼に会いたい。そんな板挟みな気持ちでいつも揺れてしまうのだ。

「それじゃあ、また」

「うん、またね」

美花は改札を抜けたあと、一度振り返る。そこにはやっぱり大晟がまだ立っていて、美花と視線が合うと手を振ってくれた。

本当は何度も振り返りたくなる気持ちをグッと抑え、彼に背を向けたままホームへと向かう。

そうしないと、大晟はいつまでも美花を見送り続けてくれることを知っているから。

彼がこうして美花を大事にしてくれるのは、恋とか愛が理由ではない。

常連客だからというのも正解だとは思うけれど、きっと彼は美花を妹のように思っている。

だからこそ、美花に優しくしてくれるのだ。

——心配で心配で仕方がないって顔を、いつもしているもんね。

美花がプラットホームへと降り立つと、ちょうど電車がホームへと入ってきた。ラッシュ時を抜けたので、降りてくる乗客はさほど多くはない。

それを見届けたあと、電車に乗り込む。そして、三年前の十一月。大晟との出会いとなったあの日のことを思い出した。

2

季節は十一月、初旬。時間は、夕方六時少し前。

大学三年生の美花は、いつも通学で利用している電車に乗り込む。自宅に帰るためだ。

乗車駅ではそれほど混んでいなかったが、その日はやけに利用客が多かった。

近くの市民ホールでコンサートが行われるらしく、車内はすぐにギュウギュウ詰めになってしまう。

日頃から満員電車は乗らないようにと時間をずらしたりして調節していたのだけど、仕方がない。

降りようにも次から次に人が乗り込んでくるため、車両の奥へと押し込まれた。

幸いにも、美花が降りる駅は、市民ホールの最寄り駅を越えた先だ。

コンサートに向かう乗客たちは、そこで一斉に降りるはず。そうすれば、こんな奥に押し込まれてしまった美花も扉付近に移動できるだろう。

仕方がないかぁ、と小さく息を吐き出し、揺れる電車に身を預けていた。

あと数駅すれば、乗客が一気に降りる。もう少しの辛抱だ。

息苦しいほどの圧迫感を覚えながら、つり革を掴んでいた。そのときだった。

——え？

背後になんとなく違和感を覚えた。心臓が嫌な音を立てながらも、「きっと気のせいだ」と脳裏に過った考えを払拭する。

乗客率二百パーセントは超えているであろう車内だ。

ちょっと動いただけで、近くの人に触れてしまうほどの距離感である。

少しぐらい身体に触れられたからといって、大騒ぎすることでもない。

大丈夫、気のせいだ。そんなふうに思っていたのだが、不安が確信に変わるのはすぐだった。

電車はカーブにさしかかり、車内は大きく揺れる。

その勢いで、人々がよろめいてしまう。美花も例外ではなく、つり革を持って体勢を崩さないよう必死になる。

だが、その直後。美花の背後に大柄な男性が移動してきたのがわかった。そして、背中に大きな手のひらが触れ始めたのだ。

先程の揺れで手が動かせなくなって、美花の背中に触れているだけの可能性もある。

最初こそ、そう思おうとした。だが、その手はだんだんと下降していく。

痴漢かもしれない。だけど、大声で叫べない。

もし、勘違いだったら？　そう思ったら、なかなか助けを求められなくなった。

――どうしよう……っ。

視線を動かし、周りを見る。だが、誰も美花のＳＯＳに気がついてくれない。

そもそも、これだけギュウギュウ詰めの車内だ。皆が皆、電車に乗っているだけで必死なのだろう。

もう少しすれば、市民ホールへ向かう乗客は降りていく。そうすれば、この男性とこれほど密着しなくてもよくなる。それまでの辛抱だ。

涙が零れそうになった、そのときだ。急に誰かに腕を掴まれた。

驚いていると、その手は美花を助けるように扉の方へと引っ張り、背後にいた大柄な男性との距離を離してくれたのだ。

そして扉付近まで連れて行くと、彼は扉に両手をついて美花を守るように空間を作った。

誰にも触れられることもない。パーソナルスペースを作ってくれたことに感謝でいっぱいだ。

あのままの状態だったら、今頃どうなっていたかわからない。考えただけで、恐ろしくなる。

恐怖に気持ちが引っ張られそうになったときだ。助けてくれた男性が声をかけてきた。

「大丈夫？」

「え？」

「顔が真っ青だ。何かあった？」

顔を上げると、背の高い男性だった。それも見惚れてしまうほど、綺麗な顔立ちをしている。

自分がどんな状況にいたのかも忘れて、魅入ってしまう。

瞬きをするのも忘れて見つめていると、目の前の彼は心底心配そうに顔を歪めた。

全然大丈夫ではないけれど、大丈夫ですと伝えようと口を開いたときだ。

ちょうど市民ホールのある駅へと着き、大半の乗客が降りていく。

「一度、ここで降りよう」

そう言うと、その男性は美花を外へとエスコートしてくれた。そんな彼に縋るように、慌てて電車を降りる。

すぐさま扉が閉まり、先程まで乗っていた電車は終点へと向かって走り出した。

ホームに電車がいなくなったのを見た途端、美花は身体から力が抜けて膝から崩れ落ちてしまう。

「危ないっ！」

咄嗟に先程の男性が支えてくれ、地べたに座り込むことは避けられた。

「こっちにおいで」

男性に促されて、美花はすぐ側にあったベンチに腰を下ろす。

そこでようやく痴漢から逃れられたのだと安堵して、深く息を吐き出した。

だけど、まだあのときの恐ろしさが残っているようで、身体が震えて仕方がない。

怖くて堪らなくてギュッと手を握りしめて俯くと、美花を助けてくれた男性がしゃがみ込んで顔を覗き込んできた。

「大丈夫？」

とても心配してくれているのだろう。彼の綺麗な目が不安げに揺れている。

――あ、この人なら大丈夫だ。

先程まで心細くて仕方がなかったのに、美花はこの男性が傍にいてくれることで安堵できている自分に気がつく。

すると、頭で考える前に男性の手を握りしめてしまった。

大きな手だ。キュッと握りしめると彼の体温を感じて、安心しすぎて泣き出したくなった。

男性はものすごく驚いた様子だったが、すぐに表情が引き締まる。

「体調が悪い？　駅員さんを呼ぼうか？」

男性の声は、とっても優しい。首を横に振ると、彼はとても困った様子で眉尻を下げた。

美花が震えているのが、手から伝わってきたのだろう。彼はキュッと手を握り返してくれた。

守られている。それを実感して、涙が零れ落ちていく。

ポロポロと幾重にも涙を流している間、彼はずっと手を握りしめてくれていた。

男性は先を急いでいるのかもしれない。引き留めていてはいけないだろう。

申し訳なさを感じているのに、どうしても一人になりたくなくて彼の手を離せない。

その男性はしゃがみ込んだ姿勢のまま、ただ黙って美花が冷静になるまで付き合ってくれた。

「ありがとうございます……」

ようやく気持ちが落ち着いてきて、男性に頭を下げた。

まだ涙は止まってくれないけれど、少しずつ平静を取り戻しつつある。

「そう。少しは落ち着いたみたいでよかった」

グスグスと鼻を鳴らす美花を見て、男性は安堵の表情を浮かべた。

するとその男性はバッグから名刺ケースを取り出して、美花に一枚のカードを差し出してくる。

それはショップカードのようだ。

カードを受け取り、しゃがんだままの彼を涙目で見下ろす。

「俺は、佐宗大晟。これは、俺がオーナーをしているカフェのショップカード」

どうしてこの人がそれを差し出してきたのかわからなくて、カードに落としていた視線を上げて彼を見つめる。

瞬きを繰り返すたびに涙がまた落ちていく。すると、その男性——大晟はバッグからハンカチを取り出して涙を拭いてくれた。

「ごめんな……さ……い」

真新しいハンカチに涙の染みを作ってしまったことを謝ると、彼は首を横に振って再び涙を拭った。

大晟はカードを美花に見せながら、柔らかい口調で話しかけてきた。

「この近くに俺が経営しているカフェがあるんだ。温かいココアでも淹れるから、よかったらおいで」

「え？」

真っ赤な目で彼を見つめると、日だまりのような温かな眼差しを向けてきた。

「嘘はついていないから安心して」

そう言うと、彼はスマホを取り出してショップカードに記載されていた電話番号をタップして見せてくる。

そして、通話ボタンを押したあと、スピーカーに切り替えた。

何度目かのコールのあと、男性の声が聞こえた。

『カフェ〝星の齢〟です』

「あぁ、野垣。お疲れ様」

『え？　オーナーですか？　どうしたんですか？　なかなか戻ってこないから、どうしたのかと思っていたんですよ』

「悪かったね、すぐに戻るから。あのさ、このカフェのオーナーの名前を言ってくれよ」

はぁ？　と呆れた声が聞こえてきた。いいから早く、と大晟が促すと、野垣と呼ばれた男性が不思議そうに言った。

『佐宗大晟さんですけど？　え？　なんですか、この問いは？』

事情が全くわかっていない野垣はどこかパニックになっているようだ。

そんな彼に「あはは、すぐに戻るから」とだけ伝えて通話を切ってしまう。

そのあと、大晟は美花を見てにこやかにほほ笑んだ。

「嘘じゃなかったでしょう？」

コクコクと頷くと、彼は不安げに美花を見つめた。

「まだ、体調が戻らないんだろう？　うちのカフェで休んでいけばいいよ」

遠慮しようと思った。さすがに、これ以上迷惑をかけられない。

首を横に振ったのだけど、彼はクスクスと笑い出した。

「そんなこと言っても、君がずっと俺の手を握っているんだけど」

「あ！」

ごめんなさい、と慌てて手を離すと、彼は「大丈夫だよ」と瞳で伝えてくる。

「ほら、外がだいぶ冷えてきた。行こう？」

再び電車に乗るのが怖かった。もう少しだけ、心を落ち着かせたい。

それに見ず知らずの人に救ってもらった上、ここまで親身になってもらえて嬉しかった。

いつもだったら初対面の男性には絶対に警戒して近づかない。だけど、今は助けてくれた彼の傍にいたかった。

彼が醸し出している雰囲気だとか、視線だとか。彼を取り巻くすべてのものに居心地のいい温かさを感じたから。

ものすごくビジュアルがよくて、スタイルも抜群。ひょっとすると、整いすぎた容姿のせいでとっつきにくく感じるかもしれない。

しかし、彼と一緒にいると、ほんわかとして和んでいる自分がいた。

彼の魅力に惹かれてしまったのだろう。ふいに口から飛び出した言葉に、自分自身驚いた。

「本当にお邪魔してもいいんですか？」

涙声でそう言うと、大晟は心がホッとするような温かい笑みを浮かべて頷いた。

「もちろん。さぁ、行こうか」

さりげなくエスコートされ、彼に導かれてやって来たのは、この駅から歩いてすぐにあるカフェだった。

〝星の齢〟という名前のカフェ。スタイリッシュでおしゃれだ。

オーナーである大晟もスタイリッシュで素敵な人だが、お店も同じらしい。

どうぞ、と促されて店内に入る。外がとても冷えていたので、この温かさにホッとする。

木のぬくもりを感じられるウッド調の店内にはテーブル席が四つ、そしてカウンターが見える。

ところどころに観葉植物があり、居心地のいい空間が広がっていた。

大晟に促されてカウンター席に近づくと、カウンターの中にいた男性が元気いっぱいに声をかけてくる。

「あれ、大晟さん。こんなかわいい子をナンパしてきたの？」

「野垣、うるさい」

彼が一瞥すると、野垣と呼ばれた男性は舌をペロリと出した。

「いらっしゃい。お外、寒かったでしょう？　ほら、こっちに座って、座って！」

野垣は、お茶目で憎めない人柄のようだ。

促されるまま美花がカウンター席に座ると、温かなおしぼりとお冷やを出してくれた。

「ご注文は何にしま――って、ちょっと！　オーナー！」

「うるさい。ほら、お客さんがお帰りみたいだよ」

大晟はカウンターの中に入り、野垣を押しのけて店の入り口付近にあるレジを指さす。

恨みがましい目で大晟を見たあと、野垣は慌てた様子でレジへと向かっていく。

そんな彼の背中に向かって「レジが終わったら、牛乳を買ってきてくれる？」と大晟が声をかける。

すると彼は「了解でーす」と指で丸を作った。

野垣は会計処理を済ませたあと、「じゃあ、ひとっ走り行ってきます」と大晟に声をかけて出て行ってしまったため、店内には大晟と美花だけになった。

野垣が外へ行くのを見送ったあと、カウンター越しに大晟が話しかけてくる。

「ココア、好き？」

「あ、はい」

美花が大晟に向き直り慌てて頷くと、彼は綺麗な笑みを浮かべる。

「じゃあ、とびきり美味しいココアを淹れるからね」

そう言いながら小鍋を手に取り、ココアの準備をし始めた。

その合間に、彼はタオルを差し出してくる。

「これ、冷たいタオル。目元を冷やしておくといいよ」

「ありがとうございます」

彼からタオルを受け取り、瞼に当てる。泣いて熱を持っていたところが気持ちいい。

ほぅ、と感嘆のため息を零していると、コトンと目の前で音がした。

タオルを目元から外すと、そこにはココアがたっぷり入ったカップが置かれている。

温かな湯気が立ち上がり、とても美味しそうだ。

「熱いからね。気をつけて召し上がれ」

「いただきます」

カップを持ってふぅふぅと息を吹きかける。そして、用心してゆっくりと口をつけた。

「……美味しい」

思わず美花の口から零れた言葉は、目の前の大晟にも聞こえたようだ。よかった、と目尻を下げて嬉しそうにほほ笑んでいる。

「体調はどう？　少しは気分が落ち着いた？」

「はい、本当にありがとうございました」

深々と頭を下げると、彼は「どういたしまして」と朗らかな表情を浮かべた。

ようやく気持ちが落ち着いてきて、泣き出してしまった理由を話すことができそうだ。カップをソーサーに置く。

「実は電車に乗っているとき……痴漢に遭いそうになっていて。大晟さんが助けてくれなかったら、どうなっていたか。本当にありがとうございました」

美花の話を静かに聞いていた大晟だったが「やっぱりか……」と深く息を吐き出す。

「あれだけの乗客がいたから、よくは見えなかったんだけど……。君の顔色が急に悪くなったのを見て、もしかしてと思ったんだ」

「そうなんですね」

誰も助けてくれないと絶望の淵に立たされていた美花だったが、大晟が機転を利かせてくれたからすぐに逃げることができた。本当に助かったのだ。

感謝の気持ちを再度彼に伝えると、首を横に振る。

「当然のことをしたまでだよ。でも、これからはあんまり満員電車には乗らない方がいいかもね」

「はい。気をつけます」

いつもはもっと早い時間の空いている電車に乗っているのだけど、今日はイレギュラーであの時間に電車に乗ったという話をすると、彼はホッとした様子を見せた。

「そう。それなら安心した」

彼の言葉には慈愛が溢れている。本当に優しい人だ。

そのあとは、取り留めのない話をし、ココアを飲みきったタイミングで席を立った。

「これで帰ります。今日は本当にありがとうございました」

お金を支払おうとしたのだけど、大晟は受け取ってくれない。

「俺が誘ったんだから、お代はいらないよ。えっと……」

お金を押し返されながら、彼は今気がついたとばかりにハッと目を見開いた。

「そういえば、君の名前を聞いていなかったね」

「あ、そういえば！」

大晟と話していると心地がよくて、すっかり夢中になってしまっていた。それはどうやら彼も同じ気持ちだったようだ。

自己紹介もまだだったことに帰る間際に気がつくなんて。

二人で顔を突き合わせて吹き出したあと、美花は彼を見上げた。

「八木沢美花です。K女子大の三年です」

美花がにっこりと笑うと、大晟は目を見開いて驚いたあと、ゆっくりと顔が綻んでいく。

「よかった。笑顔が戻って」

「え？」

「君が笑ったら、きっとかわいいと思っていたけど。やっぱりかわいいね」

「っ！」

身体中が熱くなってしまった。一方の大晟は、照れている様子はない。大人の余裕が感じられる。

居たたまれなくなってモジモジしていると、彼は「美花ちゃんちはどこ？」と聞いてきた。

驚いていると、彼は真剣な目を向けてくる。

「今日、電車に乗って帰るのは怖いでしょう？　野垣もそろそろ帰ってくる頃だし、タクシーで送っていくよ」

エプロンを外しながら言う大晟に、美花は必死になって遠慮する。

「いえいえ、大丈夫です。気持ちも落ち着いたし、今から帰れば電車は空いていると思いますから。一人で家に帰れます」

「でも……、心配だから送るよ」

そんなことをされたら困ってしまう。これ以上迷惑をかけられないし、万が一彼の姿を親に見られでもしたら大変なことになる。

美花の両親、特に父の方はとても厳格な人だ。

事情があって一緒には住んでいないのだが、時折我が家に顔を出しにやって来る。

万が一、今夜父が家に来ていて、娘である美花と大晟が一緒にいるところを見られでもしたら、大変なことになってしまうだろう。

——想像しただけでも恐ろしい……！

美花は、必死になって大晟を説得し始める。

「えっと、あの……。うちは母と二人暮らしなんです。母に心配をかけさせたくないんです。だから、一人で帰ります」

仮に父がいなかったとしても、大晟と一緒にいるところを母に見られたら、あれこれ聞かれてしまうだろう。

そうすれば芋づる式で電車での一件について話さなければならなくなるし、必然的に父の耳にも入ってしまうはずだ。そんな状況になるのは絶対に阻止したい。

電車での一件を母の耳には入れたくないと言い募り、美花は渋る大晟をなんとか説得することに成功した。

「じゃあ、駅まで送る。それは譲れないよ？」

彼が心底心配してくれているのが伝わってきた。だからこそ、そこはお願いすることにする。お使いに行っていた野垣が帰ってきたので、彼に留守番を頼んだ大晟は、美花を駅まで送ってくれた。

カフェに行く前は、電車での出来事が尾を引いていて気分が落ち込んでいた。だが、今はすっかり元気になっている。

それは、大晟のおかげだ。ともすれば、男性に対して恐怖心を抱くようになる可能性も高かった。だけど、彼が助けてくれたおかげで、男性全員が怖いわけではないと身体と心が理解した。だからこそ、こうして冷静になることができたのだと思う。

——こんな素敵な大人の男性。初めて出会った！

トラウマになりそうだった最悪な今日が、大晟との出会いのおかげで素敵な一日として締めくくられる。それだけでも、ありがたかった。

結局彼はホームまでついてきてくれ、最後に再びショップカードを手渡される。

それには、黒のペンで何か書かれてあった。

「これ、俺のスマホの電話番号とメールアドレス。何かあったら、連絡して」

「大晟さん?」

「今日のこと思い出して怖くなったりだとか。また不審者に会ったときとか。何もなくてもいい。連絡して」

腰を少し屈め、美花と視線が合うようにしてくる。そんな彼の目は真剣で、ドキッとするほど綺麗だった。

コクンと小さく頷くと、大晟は心底ホッとした表情を浮かべる。

「約束だからね、美花ちゃん」

「はいっ!」

どんな願いも叶うお守りをもらうより、今の美花にとっては大晟のこのショップカードの方がご利益があるように思えた。

笑顔で返事をする美花に、彼は頬を柔らかく綻ばせる。

「じゃあ、気をつけて」

「はい」

ホームに滑り込んできた電車に乗って大晟に向かって手を振ると、彼もそれに応えてくれる。

扉が閉まり、電車がゆっくりと動き出した。

大晟は美花の姿が見えなくなるまで、ずっと見守ってくれていたのだ。それだけで心強かった。

彼の姿が見えなくなり、少しだけ怖かった記憶が蘇ってしまう。

だけど、彼からもらったショップカードを大切に手のひらに載せていると、ザワついた心が落ち着くのを感じた。

ウキウキする気持ちを抑えながら、美花は早速スマホに彼の連絡先を登録した。

『登録させていただきました』という文面を送ってみる。

すると、すぐに返信が来た。

『俺も登録させてもらうね。気をつけてお帰り』

その文面には、彼の優しさがギュッと詰められている。そんな気がした。

自宅最寄り駅に着くと、ロータリーに父の車が停まっているのが見えてドキッとしてしまう。

人目につくのを避けるため、父は美花の前に現れることはほとんどないのだけど、今日は帰りの遅い美花を心配して我慢できずに迎えに来たのかもしれない。

スマホで時間を確認する。現在夜の八時少し前、通常時よりかなり遅い帰宅になってしまった。

――よかった。大晟さんに送ってもらわなくて。

あのとき、必死になって大晟を説得したかいがあった。ホッと安堵しながら父の車に近づく。

かわいらしい軽自動車に乗った、アットホームパパ。一見、そんなふうに見える。

だが、実は泣く子も黙る極道一家の組長だと知ったら、周りの人はどう思うだろうか。

近づいて見てみると、変装までしていて芸が細かい。

いつもは和服を好んで着ている清香組の組長が、まさかモスグリーンのセーターを着て、女子が好みそうなかわいらしい軽自動車を自ら運転し、白髪交じりのカツラを被っているなんて思いもしないはず。

組関係者が見たとしても、絶対にばれそうにもない。

「美花、早く後ろに乗りなさい」

後部座席を指さしながら、厳しい声で美花を車へと促す。これは、お小言決定だろう。

シュンと項垂れて後部座席に乗り込むと、すぐさま車は動き出す。

重苦しい空気に耐えきれなくなり、わざと声を弾ませて父に話しかける。

「お父さん、うちに来ていたんだね」

「ああ。美味しいリンゴが手に入ったから届けに来たんだが……。そうしたら、美花が珍しくまだ帰ってこないって。幸恵《ゆきえ》ちゃんが心配していたぞ?」

幸恵ちゃんというのは、美花の母のこと。父は昔から母をこう呼んでいる。

二人は結婚しておらず、美花は所謂《いわゆる》私生児だ。

父は極道の人間である。そんな父との関係を隠すために、認知されていない。

父と繋がりがあることを世間に知られてしまうと、美花と母は好奇の目に晒されるだろうし、清香組と敵対している組の者から危害を加えられるかもしれない。

それを恐れた父は母とは結婚をせずに、こうして静かに見守り、時折偽りの姿に変装して会いに来るということを繰り返しているのだ。

小さい頃は、絶対に父のことを外で話してはいけないと言われていたため不思議で仕方がなかった。

だけど、周りの友達の話を聞いたりして、我が家は特殊な家庭なのだと成長と共に知るようになったのだ。

父は、母と美花を愛している。だからこそ、極道の世界に二人を引きずり込まないよう細心の注意を払っている。

この家族関係を知っているのは、ほんの一握りの人間だけ。

父が組長を務めている清香組の中では、数年前に若頭となった北尾《きたお》だけのはずだ。

赤信号中、バックミラー越しに父と目が合う。ギロリと鋭い視線を向けられて、ピョコンと跳ね上がってしまった。

信号が青になり視線はすぐにそらされたが、きちんとした理由を言わなければ許さない。そんな空気が車内に漂っている。

でも、痴漢に遭ってしまって遅くなったなんて言ったら、それこそ外に出してもらえなくなってしまいそうだ。

何も言い出さない美花を見て、父は盛大にため息をついた。

「……男絡みか？」

「ま、まさか！」

遅くなった理由には、確かに男性が絡んでいる。だけど、父が言いたいのは恋人の存在のことだろう。

全く違う理由だからこそ、胸を張って反論できる。美花が首を横に振ると、父はどこか安堵した様子で前を向いた。

「お前も年頃の娘だ。親に内緒にしておきたいこともあるだろう。だけどな——」

信号が赤になり、車はゆっくりと停車する。すると、再びバックミラー越しに父と目が合った。

「幸恵ちゃんに心配をかけるな。以上だ」

その目は、確かに極道の世界に身を置く者の貫禄を感じさせる。だが、親の愛情も伝わってきて、美花は申し訳なさを覚えた。

「はい、わかりました」

「わかればいい。もし、遅くなるようだったら、きちんと幸恵ちゃんに連絡すること。いいな？」

「はい」

素直に返事をすると、父はようやく穏やかな表情に戻った。そのことにホッとしながらも、本当のことを話せない後ろめたさを感じてしまう。

痴漢に遭ってしまったこともそうだが、大晟とのことも内緒にしたかったのだ。

最悪な日ではあったのだけど、大晟との出会いにだけは感謝したかった。

あの日以降、美花にとって大晟はよき兄貴分であり、よき相談相手として関係を続けている。

友人と喧嘩《けんか》をしてしまって落ち込んでいたとき、就職がなかなか決まらず焦っていたとき。大晟はいつも寄り添って、話を聞いてくれた。そのたびにアドバイスをくれたり、励ましてくれたり。

会えば会うほど、話せば話すほど。もっと彼が知りたくなる。そんな感情が自然に込み上げるようになってきていた。

彼のことを考えると、ドキドキして切なくなる。そんな自分に気がつくのに時間はあまりかからなかった。

あれから三年が経過。その間、特に目立った進展などあるはずもなく……。

仲がいい常連客という、なんとも形容しがたいポジションをキープ中だ。

彼は美花と十一歳も年齢差がある。その上、ビジュアルよし、包容力ありの素敵な大人の男性だ。

美花がどれほど彼を想っていたとしても、願いが届くはずがない。

怖くて聞いたことはないが、彼には素敵なパートナーがいるだろう。

わかりきっているので、自分から告白をしようなんて考えは微塵もない。

――とはいえ、私には自由恋愛は無理だろうからなぁ。

大学の合格通知を受け取った、あの日。父の側近である北尾に言われたことがあるのだ。

『清香組には代々血縁者、それも直系が跡目を継ぐという家訓があります。しかし、オヤジは未婚者であり、跡継ぎがいない。そのことが原因で跡目争いが何年も水面下で続いているのです。ですから、いずれお嬢が表舞台に立つことになるかもしれません』

深刻そうに彼は言っていた。父の忠実な部下である彼が言っていたのだ。そういう事態になる可能性が高いということだ。

『私がオヤジもお嬢もお守りしますから』

そんなふうに北尾は言っていたが、守ってもらう日が本当に来るのだろうか。そうであれば、大晟を早めに諦めなくてはとも思う。

いつ極道の世界に足を踏み入れるときが来るかわからないからだ。

父から認知されていないとはいえ、清香組の正統な血筋は現在美花以外いない。

となれば、いずれ跡目争いに巻き込まれる可能性が高くなるはず。

大晟のことは諦めるべきだろう。そう思いながらも、こうしてズルズルと彼を想い続けている。

忘れなくちゃいけないのはわかっているのだ。何度カフェに行くのを止めようと考えただろうか。

報われない恋ならば、早めに諦めてしまった方がいい。

しかし、これが最後だと覚悟を決めて会いに行く美花に対し、大晟はいつも美花に優しくしてくれる。会えば会うほど、彼の魅力に嵌まってしまうのだ。

諦めたくても、諦めさせてくれない。そう言った方が正しいだろう。

彼と出会って三年だ。

今もなお、諦めきれずにカフェ〝星の齢〟に通い続ける自分は、相当な馬鹿だろう。

でも、今だけでいいから、彼の傍にいさせてもらいたいのだ。

仲がいい常連客というポジションでもいい。彼のカフェへ行き、穏やかな時間を過ごすだけ。

それだけで満足するから、もう少しだけこの甘やかで切ない片想いを続けていたい。

だけど、やっぱり運命というものはあるのかもしれない。
彼を諦めなければならない現実に、美花はこれから直面することになってしまうのだ。

3

仕事を終えて身支度を済ませたあと、美花はオフィスビルを出て駅へと向かう。

途中、道を挟んで向こう側にある、大晟のカフェ〝星の齢〟の店舗を視界に捉えながらも、足早に駅へと急ぐ。

今日は金曜日。明日は仕事がお休みということで、いつもならば仕事帰りにカフェに寄ることが多い。

だけど、今夜はそういうわけにいかず……。後ろ髪を引かれる思いをしながらも、美花はいつもとは違う電車に乗り込んだ。

なるべく満員電車に乗らないようにしている美花は、今夜の誘いを受けるときに少しだけ遅い時間を指定させてもらった。

ギュウギュウ詰めではなく、少しゆとりのある車内にホッとしながらも、これからのことを考えると不安が込み上げてきてしまう。

スマホをバッグから取り出し、先日送られてきたメールを見つめる。

――何か悪いことじゃなければいいのだけど……。

送信者は、北尾。父の片腕として清香組になくてはならない存在の人。そんなふうに父からは聞いている。

清香組の若頭の北尾は、父の秘密――実は結婚をしていないだけで、血を分けた子どもがいる事実――を知っている数少ない人物だ。

だからこそ、父が人目を避けて八木沢家へと赴くとき、彼が運転手として一緒にやって来ることは多い。

そんな関係もあり、北尾は父と八木沢家との連絡役として動くことも多く、母と美花は彼を信頼しているのだ。

だが、なぜか最近は北尾の姿を見ない。どうしたのだろうと思っていた矢先、彼からメールが来たのだけど……。

彼との出会いは、美花が高校生になったばかりの頃だった。

初めて彼と会ったとき、かなりビックリした記憶がある。極道らしさを感じなかったからだ。

スリーピーススーツを格好よく着こなしているし、「青年実業家です」と言われても誰も疑わないだろうと思うほど凜々しかった。

とはいえ、やはり若頭の役につくほどの人だ。ふとしたときに見せる鋭い目に、その筋の人なのだと思い知らされる。

冷徹なイメージの彼は、何事にも堅い印象を受ける。父に対してはもちろんだが、母や美花に対しても丁寧な姿勢を絶対に崩さない。

北尾は父を、そして清香組を大事に思っている。それは、時折しか会わない美花にもその思いが伝わってくるほどだ。

そんな彼だからこそ、父は彼を信頼して一番傍にいさせているのだろう。

以前、父が美花に「北尾は頭脳派で組を取り仕切ってくれている」と教えてくれたことがあった。

おそらく、外部についても彼が応じる場面が多いのだと推測される。

父を、そして組を守っている懐刀。それが北尾のポジションだとは、きちんと理解しているつもりだ。

しかし、困っていることもある。

主の家族にも同じ対応を心がけているのか。美花に対しても、「お嬢」と呼んで敬ってくるのだ。

美花は対外的には清香組とは縁がないことになっている。

一度、「お嬢ではないので、名前で呼んでください」とお願いしたことがある。しかし——。

「確かにお嬢はオヤジと戸籍上では親子ではありません。しかし、貴女はオヤジの紛れもない実子。

お嬢で間違いないかと。私にお嬢と呼ぶ権利をください」

などと言われてしまい、それ以上は拒否できなくなってしまった。

今も彼は美花を〝お嬢〟と呼んでは敬意を示してくるのだ。

北尾は大晟と同じく、現在三十五歳。美花とは十以上も年の差がある。

それなのに主従関係みたいに振る舞われるのは困ってしまうのだけど、彼にやめるつもりは毛頭ないようだ。

とにかく北尾は組に対して忠実な人で、組のためには我が身を散らすのも惜しまない。そんな覚悟さえも滲んでいるように感じている。

だからこそ、あの言葉に繋がってくるのだろう。

それは美花の大学進学が決まり、父にお祝いをしてもらったときだった。

いつものように北尾が父の運転手役としてやって来たとき。北尾と少しだけ話す機会があったのだが、そのときに交わされたやりとりが今もずっと脳裏に残っている。

もしかしたら、それについて北尾は話があるのかもしれない。

彼からの初めての呼び出し。それも父には内緒でという時点で、あまりいい話ではないのは間違いない。

行きたくはないけれど、通らずに済む道ではなさそうだ。

美花は足取り重く電車を降りて、指定された店へと足を向ける。

二人が会っているところを、他人に見られるわけにはいかないから。そういう理由で待ち合わせにさせてくれと北尾から提案されたのだが……。

北尾が指定してきたのは、一日一客限定の店だった。見た目はごく普通の民家だが、知る人ぞ知る名店なんだとか。

「ここ……よね？」

住宅地のど真ん中。駅から徒歩十分の場所にあるこの店は、看板も出ていない。

ただ、指定された住所はここで間違いないし、表札の名字も北尾がメールで伝えてきたものと同じだ。

恐る恐るチャイムを押して名乗ると、「お待ちしておりました」と店主らしき男性の朗らかな声がした。どうやら、ここが店で間違いないようだ。

門扉を開けて中に入ると、そこには別世界が広がっていた。

外観はごく一般的な住居だが、中に入ると確かに飲食店でおしゃれな大人の隠れ家といった雰囲気だ。一日一客というコンセプトのお店なので、こぢんまりとした空間が広がっていた。

そのカウンターには、いつも通りスーツを格好よく着こなす北尾が座っている。

美花の姿を見た瞬間、北尾は椅子から立ち上がりこちらに向かってきた。そして、軽く会釈をしてくる。

「お嬢、ご足労いただきありがとうございます」

「いえ」

首を横に振る美花に、彼は手を差し出してくる。エスコートしてくれるつもりなのだろう。

それがどうしても恥ずかしいし、慣れなくて戸惑ってしまう。

その様子を見て、彼は唇に小さな笑みを浮かべる。

「さぁ、こちらにどうぞ」

結局彼に手を差し出さずに恥ずかしがっている美花を見て、彼は苦く笑った。

彼に促されるまま、カウンターの椅子に腰を下ろす。

「まずは、食事にしましょう。とても美味しいんですよ」

コース料理を提供してくれて、客の好みに合わせてメニューが考えられているという。

北尾が「お嬢の好みを伝えておきました」と言っていただけあって、どの料理も美味しい。

「よく私の好きなものをご存じでしたね」

「オヤジからお嬢の好みはしっかり聞いていましたので」

それを聞き、恥ずかしくなってくる。父が子煩悩だと知っているが、周りに美花の存在を話せないからといって、北尾にあれこれ話していないだろうか。

そんな美花の予想は当たったようで、やっぱり彼は父から色々と娘自慢をされているようだ。

大変申し訳ない、と謝ると、彼は見たことがないぐらい柔らかい笑みを浮かべた。

「いえ。お嬢のことを聞くのは、とても楽しいです」

「本当、恥ずかしい……」

あとで絶対に父に説教しなければ。そんなことを考えていたのだけど、北尾の横顔を見て美花はドキッとしてしまった。あまりにセクシーだったからだ。

「少しずつ大人になっていくお嬢を間近で拝見していた身としては、貴女のことを知る時間はとても楽しいのですよ」

なぜだか、その言葉が愛の告白のように聞こえてしまった。

何を馬鹿な妄想をしてしまったのだろう。美花は、慌ててその考えを払拭する。

食後のコーヒーが出されると、カウンター越しにいたシェフは姿を消した。

現在、この空間には美花と北尾二人きりだ。きっと大事な話をするために、前もってシェフに席を外してもらえるよう頼んでいたのだろう。

静まり返った店内で、なんとなく美花は居心地が悪くなる。間を持たせるようにコーヒーを飲んでいると、「お嬢」と北尾が話しかけてきた。

「今夜は無理な誘いに応じていただき、ありがとうございます」

「い、いえ」

「こうして貴女と二人きりで話してみたいと思っていたので、私としては嬉しい限りでしたが。いきなりの誘いで、お嬢は緊張されたでしょう」

「えっと……」

その通りだった。だが、肯定するのは気まずい。しかし、根が正直な美花はうまく嘘をつけずに困ってしまう。

北尾はそんな美花を見て、「相変わらず、素直でかわいらしい方だ」と笑った。

それを聞いてビックリする。堅物なイメージがある北尾の言葉とは思えなかったからだ。

美花が驚いている理由がわかったのか。北尾は肩を竦めてコーヒーを口にした。

「私がこんなことを言うのは、おかしいですか？」

「おかしいというか……」

北尾は絶対に女性にモテるだろう。それだけの容姿をしているし、男の色気を感じるほど魅力的な人だ。

だからこそ、おかしいどころか似合うとは思うのだけど……。

美花が驚いているのは、今までそういった美花に対しての褒め言葉を彼の口から聞いたことがなかったからだ。

北尾は「本当に素直な方だ」と呟くと、身体ごとこちらを向いた。

「お嬢と初めて言葉を交わしたのは、貴女が高校に入学した頃だったでしょうか。ですが、実はもっと前から見守らせていただいておりました」

「え？」

初耳だ。心底驚いた美花の表情がおかしかったのか、彼は小さく笑う。そういう表情を見るのも初めてで、ますます驚きを隠せない。

「とは言っても、時折でしたけどね。オヤジが、どうしても動けないときなどに」

「……お手数をおかけいたしました」

おそらく父が無理を言ったのだろう。美花が申し訳なさを感じて謝ると、彼は首を横に振った。

「清香組をいずれ継ぐ方だと思って見ておりました。少しずつ大人になるお嬢を見て、ほほ笑ましく思っていたのが懐かしい」

「忘れていただけると助かります」

どんな姿を見られていたのか。羞恥に耐えきれなくなって美花が身体を縮こまらせていると、彼は「忘れませんよ」と柔らかい口調で言う。

「最初こそ、いずれ私の主になる方だと思って見守っておりました。ですが、あのときから貴女を女性として見ている自分に気がついたのです」

「え……？」

「お嬢は私に死ぬなと命じられた。あのときの貴女の澄んだ瞳が今も忘れられない……」

頭がショートしてしまったように、何も考えられなくなった。

今、北尾は何を言ったのだろうか。

こちらの心情をまたもや読み取った北尾は、記憶の糸をたぐり寄せようとしてくる。

「お嬢の大学進学が決まったとき、私と二人きりで話したことを覚えていますか？」

覚えている。今日北尾に呼び出されたのは、その件ではないかと思っていたのだ。

美花は、あの日の北尾とのやりとりを思い出す。

＊＊＊＊

冬の厳しい寒さが弱まり、暖かな日差しが春の訪れを知らせてくる季節だった。

長い受験勉強の日々を乗り越え、美花が見事合格通知を手にした日。

父が祝いのパーティーを我が家でしてくれた。

お酒を飲み過ぎて酔い潰れた父の荷物を車に運ぼうと外に出ると、そこには父を迎えに来た北尾が立っていた。

「北尾さん、お迎えありがとうございます」

「いえ、オヤジは？」

「酔っ払ってしまって……。母が介抱しています」

困った父です、と美花が苦笑いを浮かべると、北尾は小さく首を横に振る。

「お嬢の大学合格が嬉しかったのでしょう」

「……そうみたいです」

そんな話をしていたのだが、彼は急に真顔になって「お嬢に話しておきたいことがございます」と切り出してきた。

「お嬢。実は、現在清香組は過渡期を迎えています。オヤジは未婚者であり、跡を継ぐ者がいないというのは周知の事実。そのことにより、組が揺れているのです」

「揺れている……ですか？」

「ええ。跡取りがいないということが、今後の清香組にどう影響を及ぼしていくのか。お嬢は、おわかりになりますか？」

彼は真摯な目で美花を見つめたあと、視線を落として苦々しく伝えてくる。

「周りの組が清香組を潰そうとしてくる。それが一番可能性としては高い。ですが、もっと厄介なのは内部です」

「内部……ですか？」

父からはあまり組のこと、そして極道の世界について聞いたことがない。

それは、美花をこの世界に関わらせたくないという親心からだ。

不思議そうに聞く美花を見て、北尾は「そうです」と表情を和らげた。

美花に恐怖心を植え付けたくないと考えてくれているのだろう。しかし、内容は辛いものだった。

「清香組は、歴史のある組です。となれば、同じ組を名乗る者の中にも、色々な考えが生まれ育っていく。組に対する思いが変わってきてしまう者たちも出てくるでしょう」

清香組は、なかなかに大きな組だとは聞いている。だから、考えが変わってきてしまう人たちも多かれ少なかれ出てくるのだろう。

小さく頷いて相づちを打つと、北尾はそれを確認したあとに話を続ける。

「実際、跡取りが決まっていないこの状況を見て、先行きを心配する者たちが出てきているのは事実です。それに乗じて、組を乗っ取ろうと企む輩も出てくる」

どういうことだろうかと彼に疑問をぶつけると、寂しそうに北尾は顔を歪めた。

「内部紛争が起こる可能性があるのですよ、お嬢」

「内部紛争……ですか」

「ええ。そうなった場合。弱みにつけ込むように、敵対している組が潰しにかかってくる可能性も高くなる。そうなれば、貴女の父上……オヤジが窮地に立たされるでしょう」

「っ」

息を呑む美花を見て、北尾は真面目な表情で重い言葉を連ねていく。

「清香組が潰されるだけでなく、オヤジの命さえも危うくなる可能性がある」

心臓が嫌な音を立てた。血の気が引いていくのを感じて身体がふらつくと、北尾は慌てて美花を支えてくれた。そして、すぐさま後部座席へと座らせる。

彼は跪き、こちらを見上げてきた。

「怖がらせてしまい、申し訳ありません」

「いえ……」

戸惑っていると、彼は美花に真摯な目を向けてくる。

「私が絶対に守ってみせます」

「北尾さん……」

「貴女の大事なモノ、すべてを守ります。この北尾の命に代えてでも」

彼の声に、偽りの色は全く感じられない。だからこそ、怖く感じた。

覚悟を決めている北尾に、美花は首を大きく横に振ってその考えを止めようと必死になる。

「ダメ。それは、ダメよ。北尾さん」

「お嬢？」

「貴方の命と引き換えにしてまで、組を維持することを父は望んでいないと思います」

「っ」

きっと父にも同じことを言われたのだろう。ソッと視線をそらす北尾を見て、そう感じた。

何も言い出さない彼に、美花は必死に懇願する。

「お願いだから、そんな考えは変えて？　お願いよ、北尾さん。絶対に死んではダメよ」

すると、彼はそらしていた視線を戻し、美花へと向けてきた。

だが、一瞬。彼の動きが止まり、なぜか目を見開く。でも、それは本当に一瞬の間だけ。

すぐに彼はいつものクールさを取り戻した。

「では、お嬢。貴女も覚悟を決めていただけませんか？」

「え？」

「清香組、組長の実子として名乗り出る覚悟を」

目を見開いて驚くと、北尾はジッと熱っぽい目で見つめてくる。

「清香組の長い歴史の中には、直系が跡目を継ぐという家訓がある。しかし、オヤジはお嬢の存在を隠し通すつもりでいます。ですが、いずれそれも難しくなる日がやって来るでしょう」

「北尾さん」

「そのとき、貴女には組の命運を背負って表舞台に立ってほしい」

「え？」

「お嬢の力が必要になるときが、いずれきます。ですが――」

黙り込んでいると、彼は美花の手を握ってきた。

驚いて顔を上げると、彼は真剣な表情でキュッと握った手に力を込める。

「私が、必ず貴女を守ると誓います。ですから、何も恐れることはない」

「あ、あの……」

どうしたらいいのかわからずにいると、彼は美花の困惑を汲み取ってくれたようだ。

すぐに美花の手を離して、表情を緩める。

「今のところは、お嬢が表舞台に立たなくてもいいように私が頑張ります。ですが、頭の片隅にでも今日の話を覚えておいてください」


あのときの北尾は確かにそう言っていた。それゆえに、美花は恋をするのを諦めたのだ。

今は、父が極道の世界から遠ざけてくれている。だけど、いずれ美花の存在が暴かれる日が来るかもしれない。

否応もなく極道の世界に引きずり込まれる。もしくは、父のためにあえて自分から清香組の正統な跡継ぎだと名乗り出なければならなくなるかもしれない。

だからこそ、そのときのために恋をしてはいけないと思っていた。

相手の男性に、迷惑をかける日が来るかもしれない。それが怖かったからだ。

大晟に恋心を募らせていても、絶対にその想いを口にしてはいけない。

そう自分に課してきたのだ。

美花があの日のやりとりを覚えているのだと確信したのだろう。北尾は、神妙な顔つきになる。

「お嬢、残念ながら状況はあまりよろしくはない」

「北尾さん」

ようするに、数年前に懸念していたことが現実に起こりつつある。北尾はそう言いたいのだろう。

彼は不満げな様子を隠さず、強い眼差しを美花に向けて宣言してきた。

「そんな危機的な状況にありながらも、オヤジはやはりお嬢を後継者に立てることを渋られている。だが、組の存続を考えると、悠長にしている時間はない。ですから、私はこれから組のためになるのであれば自ら動こうと思っています」

今までは父の言うことは絶対だと思ってきた。

だが、父は窮地に立たされた組を見ても動き出さない。であれば、北尾が若頭のメンツをかけて動く。そう言いたいのだろう。

「清香組の組員たちが、今後の組のあり方についてオヤジに言及し始めています。オヤジは組を畳むつもりだという噂が立ち始め、内部紛争がいつ起きてもおかしくはない状況です。オヤジの命を狙うヤツらが出てくる可能性があります」

「そんな……」

「さらに、そんな組の内情を耳に入れた外部の組が清香組を潰そうと動き始めています」

沈黙が落ちる。重苦しい空気の中、北尾は椅子から立ち上がると美花の足下に跪いた。

美花は一瞬呆気に取られていたが、すぐに我に返る。

「北尾さん⁉」

何をし出したのか。慌てて彼に問いかけようとしたのだが、ふと昔の記憶が戻ってくる。

あの日、彼が組の行く末を心配して自分が盾になるからと美花に跪いたときの光景が脳裏に過る。

彼は美花の手を掴み、握りしめて熱心な目で見上げてきた。

「お嬢、私はこんな日が来るのを望んでいたのかもしれません」

「え？」

北尾にとって清香組は命に代えても守りたいと思えるほど大事なモノ。その組の存続が危うくなっている状況だというのに、彼は何を言っているのか。

彼らしくない言葉に目を見開いていると、彼の唇が微かに笑みを浮かべる。

「確かに組の存続を望んでいるのに、こんなことを言う私はおかしいのでしょう。ですが、窮地になれば、貴女は自らこちらの世界にやって来てくれる。そのときを待っていたのかもしれません」

「……っ！」

「ずっとお慕いしておりました、お嬢」

唖然としている美花の手の甲に、彼の唇が触れる。

ハッとして手を引っ込めると、北尾は困ったように眉尻を下げた。

「今まではオヤジの言いつけを守り、お嬢に近づくこと、お嬢に関して探りを入れることはしませんでした」

「北尾さ……ん？」

「しかし、貴女が心配で……。何度、オヤジの言いつけを破ろうかと思ったか」

言い淀む美花に対し、北尾は情欲を滲ませた目で射貫くように見つめてくる。

その目力の凄みに、美花は怯み上がってしまう。

キュッと自分の身体を腕で抱きしめる手に力が入る。

「しかし、事態は動いている。オヤジが悩んでいる間にも、どんどんことは迫ってくる」

美花が息を呑んで声を出せないでいると、彼は覚悟を決めたように唇を動かす。

「私は清香組若頭として、これからは動いていきます。もう、我慢はしない」

「北尾さん？」

「組の存続への働きかけにも、そしてお嬢……貴女のことも」

熱情を含ませた目で見つめられ、直視できなくて視線をそらす。

そんな美花を見て、北尾は小さく笑う。

「急に言われても、どうしたらいいのかわからないでしょう。ですが、早急に決断しなければなりません。そうしなければ、清香組はおろか、オヤジも今後どうなるかは保証できない」

そらしていた視線を彼に戻す。そうすることがわかっていたかのように、北尾は美花を諭して続ける。

「そのためにも、お嬢の力が必要なのです。お早めの覚悟をよろしくお願いします」

今回の件については、父は何も知らないのだろう。父は、美花を極道の世界に近づけたくはないと思い続けてきた。

だからこそ、北尾の説得にも応じなかったはずだ。でも、それでは組は破滅を迎えてしまう。同時に、父の身にも危険が及ぶ。

――こうなることは予想していたじゃない。

諦めに似た気持ちになるものの、落ち込んでしまう。

いらぬ争いを起こさないためには、美花の存在を明らかにするのが一番だ。

そして、組の存続をアピールすれば、父の地位も安泰になるはず。

清香組に心底惚れ込んでいる北尾が、次の世代を繋いでいくのが一番の理想なのだろう。

そのためには彼の地位を後押しするように、清香組の直系である美花が伴侶になる。

それが一番事を荒立てることなく、丸く収める方法なのだということはわかっている。だけど……。

どうしても大晟の顔がちらついてしまう。

美花が清香組組長の娘ではなかったとしても、彼との恋は望みが薄い。

それなのに、どうしてもこの恋を諦められないでいる。

大晟に想いが残っている美花に、北尾との政略的な結婚などできるのだろうか。

——でも、決めなくちゃいけないんだよね。

こんなふうに父の目を欺いてまで、北尾は美花に接触してきたのだ。きっと一刻を争う事態に陥っているはず。

北尾は、美花に決断を急かしている。父を助けるために。

ギュッと腕を掴む手に力を入れていると、北尾は「お嬢、わかっているかと思いますが」と忠告をしてきた。

「こうしてお嬢に話を持ちかけることを決意した折に、貴女のことを少々調べさせていただきましたが。やっぱりお嬢は賢い方だ。自分の立場をわかっていらっしゃる」

貼り付けたような笑みを浮かべる北尾を見て、怪訝に思う。含みを感じたからだ。

北尾は立ち上がると、美花が座っている椅子の背もたれに手をつく。そして、覆い被さるような体勢になって美花に近づいてきた。

「お嬢は、どうやら想う男がいるようですね」

ビクッと身体が震え、硬直してしまう。大晟のことを言っているのだろうか。

何も言い出せないでいる美花を労るように、北尾はより身体を近づけてきた。

「でも、こんな事態になることがわかっていたからこそ、その想いを封印されている。賢明な判断ですね」

北尾は美花から離れ、店の扉を開いた。タクシーがハザードランプをつけて停まっているのが見える。

そのタクシードライバーに一言、二言言ったあと北尾は美花を振り返った。

「私がご自宅までお送りしたかったのですが、今はまだ私たちが接触したことを知られるのは早いでしょうから。タクシーでお帰りください」

席を立ち、逃げるように彼の横を通り過ぎようとした。だが、北尾に腕を掴まれてしまう。

「お嬢、貴女が取るべき最良な行動はわかっていますね？」

美花が清香組の正統な後継者であることを発表し、組での統制力が強い若頭の北尾と結婚をする。

そのことを暗に伝えてきた北尾は、真摯な声で言い切った。

「貴女が決断してくだされば、私が全力で貴女のご両親をお守りすることを誓います」

「北尾さん……」

「そして、お嬢も守り抜いてみせます。ですから、安心して私の胸に飛び込んでくればいいのです」

戸惑う美花を見て、北尾は腰を屈めてくる。そして、耳元で熱く囁いてきた。

「愛しています、お嬢。私のモノになってください」

ゾクッとするほどセクシーな声で言われて、慌てて腕を振る。彼の手を振り切ったあと、すぐさまタクシーに乗り込んだ。

タクシーが動く瞬間、チラリと北尾を見て息を呑む。

彼は情熱的な目でこちらを見つめていて、その視線と絡み合ってしまったからだ。

——どうしよう……！

彼のその恋を募らせたような目から逃れるように、慌てて俯いた。

4

——どうしたら、いいんだろう。

ここ最近、気がつけば同じフレーズが脳裏を駆け巡っている。

美花の頭を悩ませているのは、もちろん清香組のことだ。

美花はまた盛大にため息をつきたくなるのをグッと堪えた。

今日は仕事の関係で、とある企業のレセプションパーティーにやって来ている。

というのも、このパーティーに出席しているエンジニアが取引先に渡すつもりで用意していた書類を忘れてしまったと電話がかかってきたのだ。

そこで、美花が届けることになり、こうしてパーティー会場を訪れていた。

書類は無事エンジニアに渡したので帰ろうとしたのだけど、そのやりとりを主催企業の社長が聞いていたようで、「ご飯でも食べていきなさい」と美花に声をかけてくれたのだ。

せっかく声をかけていただいたのに、早々と帰るのも気が引ける。

少しだけケータリングの料理をいただき、グラスワインを飲んだあと、会場であるホテルのバンケットルームを出た。

エレベーターに乗り込み、一階ロビーへと向かう。

エレベーター内は美花だけで、ようやく我慢していたため息を零すことができた。

これにて、与えられた任務は終了した。終わり次第、直帰が許されている。あとは自宅に帰るだけだ。

ふぅ、と何度目かわからない長い息を吐き出しながら天井を見上げた。

北尾からの呼び出しがあったのは、先週の金曜日。すでに一週間が経ったのだけど、覚悟が決められずにいる。

父のことを考えれば、北尾の言う通りにするのが一番いいのだろう。

父は何も言わないが、組のことで一人で苦しんでいるはずだ。

だが、それを美花に微塵も感じさせないようにしている。そんな親心を感じて切なくなった。

もし、父にこの件を相談したら、間違いなく止められる。

美花一人を犠牲にしたくない。そんなふうに憤るのは明らかだ。

父の思いはわかっている。何がなんでも美花を極道の世界に引き込みたくはないと強く願っている。

だからこそ、父は母と結婚をせず、家族と離れて見守るという決断をしたのだから。

それなのに、美花が独断で北尾と手を組み、清香組を支えようとしたら……。

怒りを通り越して、泣かれてしまうかもしれない。そんな想像が簡単にできてしまうほど、父に愛されていることを美花は知っていた。

でも、このまま美花が名乗りを上げなかった場合、父の命が危ぶまれる。

どうすることが正解なのか、わからない。

——結局、お父さんはどう思っているのかなぁ……。

そもそも、ひたすら親子関係を隠し続けている時点で、いつか清香組の存続が危ぶまれるだろうことは想像できたはずだ。

なんと言っても直系の子どもがいない時点で、組が揺らぐのは火を見るより明らか。

それでも、父は頑なに美花を実子と対外的に認めてはいない。

何か策があってのことだろうか。父の考えが読めない。

なにしろ父は美花に組のことをあまり話そうとしないのだから、わかるはずがないのだ。

北尾は、父に内緒で今回の件について動いているはず。

美花に話してしまったら、美花から父に情報が流れることを普通なら恐れるだろう。

だけど、彼はわかっている。美花が父に相談できないことを。

父を助けるのであれば、美花は父には内緒で北尾と手を組むしかない。

父に相談してしまったら、北尾の案は反対される。

でも、その案に縋るしか、今は手立てがない。

それがわかっているからこそ、北尾はこの話を美花に持ちかけてきたのだ。

「詰んだかも……」

どうしたらいいのか、わからない。エレベーターから降りた美花は再びため息をつく。

すると、スマホが鳴り出した。バッグからスマホを取り出してディスプレイを見ると、会社の先輩からだ。

「お疲れ様です。八木沢です」

『あ、八木沢さん？　お疲れ様。どう？　無事書類を届けられた？』

どうやら仕事の進捗を聞きたかったようだ。きちんとエンジニアに届けたことを伝えると、彼女はご苦労様と労ってくれた。

だが、そのあと好奇心たっぷりな声で聞いてきたのだ。

『ねぇ、八木沢さん。素敵な人とお付き合いしているのね』

「え？」

『さっき仕事が終わって会社を出たら、八木沢さんの婚約者に声をかけられたの。めちゃくちゃイケメンでビックリしちゃった』

美花が硬直していることを、電話先の彼女は知らない。ウキウキとした様子で続ける。

『八木沢さんとは約束していないのだけど、会いたくなって来てしまったんですって言っていたわよ』

「それで……？」

嫌な予感しかしない。震える手で、ギュッとスマホを握りしめる。

すると、先輩はキャアキャアと黄色い声を出した。

『え？　仕事で外に出ていて直帰ですって伝えておいたわよ』

よかった。どうやらこのホテルの場所まで伝えていなかったようだ。

彼女はまだ根掘り葉掘り聞きたそうにしていたが、「まだパーティー会場の中なので」と嘘をついて通話を切った。

婚約者だと名乗った男性は、北尾で間違いないだろう。彼は、美花を極道の世界に引きずり込むつもりだ。そうでなければ、美花の同僚に声をかけるなんてことをしない。

今までの北尾なら、こんなことは絶対にしなかった。そもそも、美花に極道との縁があると周りに匂わすこと自体、父には禁止されていたはず。

それに北尾も理解を示していて、美花には関わってこなかったのに……。

父の考えに背いてでも、清香組を存続させる。そんな北尾の覚悟が見えた気がした。

北尾は、なかなか覚悟を決められない美花を見て、実力行使をするつもりのようだ。

そう考えると怖くなる。それに――。

――もう、大晟さんに会えなくなるかもしれない。

膝がガクガクと震えてきて、よろめきながらロビーの壁に手をついた。

こうして北尾が表立って美花の前に現れ始めれば、いずれ清香組の後継者だと周囲の人たちに知れ渡ってしまうかもしれない。

美花が極道と関係が深いと知れれば、何かしらの形で大晟に迷惑をかけることになる。

そうしたら、申し訳なさすぎて二度と彼とは会えなくなってしまう。

なにより、美花に想い人がいるということを北尾は気がついている。

ずっと大晟に想いを告げなかった美花に、賢い選択だと言っていた。

美花が彼に会いに行き続けていれば、いずれ北尾は彼に危害を及ぼす可能性がある。

彼の優しげな表情が脳裏に浮かぶ。最後にもう一度だけでも、彼に会いたい。

――もう、今夜しかない!

その考えに行き着いたとき。美花は駆け出していた。

北尾に美花が直帰する旨を伝えたと先輩は言っていた。となれば、彼は諦めて帰ったはずだ。

今夜なら、北尾は美花を捕まえられない。今しか大晟に会うことはできないだろう。

会社最寄り駅にほど近い場所にある、カフェ〝星の齢〟に、今なら北尾の目を掻い潜って行けるかもしれない。

本当は今夜、大晟に会いたくてカフェに行くつもりだった。

北尾の話に乗るにしろ、乗らないにしろ。カフェに行くのはこれきりにして、大晟のことは諦めるつもりだったからだ。

彼への片想いに決別するため、カフェに行く。そう決めて、前もって大晟に『金曜日にカフェに行きたいと思います。大晟さんの都合はどうですか？』とメールをしておいたのだ。

すると、彼から『気をつけておいで』と承諾するメールが届き、嬉しさと切なさが込み上げたのは数日前のこと。

しかし、今日になってイレギュラーな仕事が舞い込んできた。その上、パーティー会場に資料を届けてほしいと頼まれてしまったために九時までに店に行けるかどうかわからなくなってしまったのだ。

そのため『仕事で行けなくなってしまいました』とメールをしたのだけど……。

――お願い！　大晟さんがカフェにいますように！

逸る気持ちを抑えながら、再び会社付近まで戻ってきた。

北尾はいないはずだと確信しながらも、ドキドキしながら足早にカフェを目指す。

しかし、カフェの扉には〝ＣＬＯＳＥ〟の札がかけてあった。

「え？　どうして？」

腕時計を確認する。現在は夜十時。いつもなら、野垣がいるのでまだ店は営業中なはず。それなのに、店の中は真っ暗だ。

「そんな……」

ふいに零れた美花の声は、雑踏の中に消えていく。

これが大晟との運命なのかな、と肩を落とす。

そう思ったら、目頭が熱くなってきた。ポツポツとアスファルトに水滴が落ちる。

いくつもできていく、涙の跡。それをぼんやりと眺めていると、その場で泣き崩れたくなってしまった。

でも、美花の慟哭《どうこく》は大晟には届かない。それがわかっているからこそ、切なく胸が痛んだ。

こんなところで泣いていたら、通行人に不思議がられる。わかっているのだけど、涙は一向に止まらなかった。

すると、ふいに美花を呼びかける声が聞こえる。聞き慣れたその声に顔を上げると、そこに立っていたのは大晟だった。

「え？　美花ちゃん？　今日は、来られないって……」

「大晟さん、お店……」

「あぁ、実はコンロが一つ故障してしまってね。これじゃあ営業は無理だと思って、店を閉めたんだけど」

美花がここにいることに驚いた様子の大晟は、店を閉めた理由を話してくれた。

だが、すぐに表情を曇らせる。美花が泣いているのがわかったからだろう。

彼は、ものすごく不安そうに眉を顰めた。

「どうして泣いているの？　美花ちゃん」

「大晟さん……」

まさか彼に会えるとは思わなくて胸がいっぱいになった美花は、顔をグシャグシャにして彼に泣きついてしまった。

もう無理だと思っていたのに、彼に会えたことが嬉しくて。涙を止めようとしても、どうしても無理だった。

声を上げて泣くなんて、大晟と出会ったあの日以来かもしれない。

こんな顔を彼に見せたくはないのに。そう思う反面、彼にだけにしか泣き顔を見られたくはないと思ってしまう。

「とにかく、中にどうぞ」

大晟は鍵を取り出して解錠すると、店の扉を開けて中へと美花を促してくる。

素直に彼に従って入った店内は、照明が落とされていて暗かった。

いくつかのペンダントライトに光が灯っているだけのこのカフェは初めてだが、居心地がよくてホッとする。

ずっとここにいたい。大晟の傍にいさせてほしい。美花がそう願った瞬間、ふと北尾のことが脳裏に過る。

こうしてこのカフェに来るのは、最後になるかもしれない。そう思ったら、これから先の未来が怖くなってくる。

「美花ちゃん……!?」

気がついたら、美花は大晟を背後から抱きしめていた。

彼の驚いた声が、店に響く。薄暗い店内だからこそ、こんな大胆なまねができたのだ。

この幸せを逃したくない。だけど、諦めなくてはいけない。

揺れ動く気持ちの狭間をごまかすように、少しでもこの関係を繋げておきたくて悪あがきをした。

——大好き、大晟さん。

彼のことが好きなのに、こんなに大好きなのに。

どうして自分の気持ちに嘘をつき続けなくてはいけないのだろう。

美花が彼を抱きしめた腕にギュッと力を込めると、大晟は困った様子で声をかけてくる。

「美花ちゃん、どうした？　もしかして酔っている？」

いつもと全く違う美花の様子に、戸惑いを感じているようだ。

それもそうだろう。彼に想いは伝わらない。伝えられない。

そう思っていたからこそ、美花は自分の気持ちを隠し続けてきた。

彼に近づいたら、触れてしまったら……。気持ちが溢れ出てしまう。

それがわかっていたからこそ、物理的にも心理的にも心地よいぐらいの距離感を保ってきていたのだ。

それを今、美花自らが壊している。わかっているが、想いを断ち切るための儀式はどうしたって必要だ。でも……。

彼の声を聞いていたら、泣きたくなってきた。

絶対に彼を困らせている。それがわかっているからこそ辛い。

だけど、彼から離れたくはなかった。

――今夜だけだから。許して……大晟さん。

何も言わずにただ抱きついていると、彼は美花を振り返り頭を撫でてくる。

その手つきがとても優しくて、再び美花の目に涙が滲む。

彼の胸板に頬ずりをして見上げると、大晟と視線が絡み、ドクンと心臓が大きく高鳴る。

美花は彼のシャツを握りしめたあと、ようやく口を開く。

「……さっきワインを飲んだので、酔っているかもしれません」

「え？」

「酔っているから、きっと明日になれば忘れちゃいます」

「美花ちゃん？」

必死に背伸びをした。だけど、どうしても届かない。

彼の首元に両腕を絡めて、自身の方へと引き寄せる。そして、間近に迫った綺麗な唇にキスをした。

柔らかな感触。彼の熱。色々なものが唇から伝わってきて、切なさが込み上げてくる。

美花にとって、人生初のキス。それも自らキスを迫るなんて、想像もしていなかった。

唇を解放し、ゆっくりと離れながら美花は彼の表情を窺う。

唖然として目を見開いている大晟の顔が視界に映った。

いつも冷静で大人な対応をする彼のそんな表情を、美花は初めて見たかもしれない。それだけで、このキスには価値がある。

「大晟さん。私、ずっと貴方が好きでした」

言ってしまった。だけど、後悔はしていない。

この恋にハッピーエンドは訪れない。そんなことは、ずっと前からわかっていた。

だからこその捨て身の告白だ。

美花の想い人が大晟だと北尾は気がついている。となれば、彼の身の安全を考えると、今後もう大晟の前には現れることはできない。

今夜が最後だ。自分の恋心も今夜捨てた。

これでよかったのだと、美花は自身に言い聞かせる。

大晟に長年の恋心を伝えられたのだ。それでよしとしなければ。

これで、さよならだ。名残惜しい気持ちを抑えながら、ゆっくりと彼から離れようとする。

しかし、彼は美花の腕を掴み、自分の方に引き寄せた。

え、と驚いて顔を上げると、大晟は熱を含んだ目で美花を見下ろしてくる。

「大晟さん？　あの、ちょっと——」

もう一度彼と距離を取ろうとするが、大晟にギュッと力強く抱きしめられてしまった。

彼の熱に包まれて嬉しいという気持ちより先に、戸惑いの方が先行する。

「どうして？」

「え？」

「どうして離れようとするの？　美花ちゃん」

「えっと、あの……迷惑かと思って」

アポなしで店にやって来て突然泣き出し、彼からの許可もなくいきなり抱きついたのだ。

それも極めつきは、彼の同意がないのにキスをした。

オーナーと常連客というだけの間柄なのに、あまりに踏み込んだ行為だ。

大晟は怒っているのかもしれない。美花の顔から、血の気が引いていく。

彼が嫌悪感を示しても仕方がないだろう。恋愛感情もない相手にいきなりキスされたら、誰だって嫌な気持ちになるはずだ。

どうしよう、と不安になって逃げ出したくなっていると、彼はより腕の力を強めて包み込むように抱きしめてくる。

「離さないよ」

「大晟さん？」

「君から飛び込んできてくれたんだ。もう二度と離さない」

彼は何を言っているのだろう。それとも、美花が都合のいいように解釈をしているだけだろうか。

口をぽっかりと開けて驚きを隠せずにいると、大晟と視線が絡み合う。

「どうして、そんなに驚いた顔をしているんだい？」

そう言って大晟は、クスクスと笑い出した。

頭の中が真っ白だ。衝撃が大きすぎると、人間本当に何も考えられなくなるのだと知った。

唖然としている美花を、大晟は目を細めて見つめてくる。その瞳は、愛おしいという感情をストレートに告げてきた。

「好きだ」

まさか、という感情が渦巻きながらも、嬉しさと幸せな気持ちが溢れて目からは涙がポロポロと零れ落ちていく。

信じられなくてボーッとしたままでいると、彼は首を傾けて美花に近づく。

驚いた美花がギュッと目を閉じると、彼はそれを合意とみなしたのか、深く情熱的なキスを仕掛けてきた。

「っふ……ん……っ」

何度も唇に吸い付くようなキスをし、角度を変えて唇を重ねる。

柔らかな感触と彼に与えられる熱で、唇が蕩けてしまいそうだ。

鼻から抜ける甘い吐息は、誰のものなのかと思うほど甘ったるい。自分の声だと気がついて恥ずかしくなった。

キスの合間に「そう、上手だよ」と囁かれて、自分が今どんな状態なのかわからなくなるほど夢中になる。

ガクガクと膝を震わせてくずおれそうになる美花を、彼は咄嗟に抱き上げた。

「ごめん、美花ちゃん。嬉しすぎて加減ができなかった」

「大晟さん……」

キスのしすぎで熱を持った唇は、ぽってりとしてしまった。舌っ足らずで彼の名前を呼ぶと、大晟は「ったく、堪らないな」と彼らしくない荒っぽい言葉を呟いた。

だけど、そんな彼も素敵だと惚けてしまう。

彼に横抱きにされているこの状況は、きっと夢なんだ。そんなふうに思ってしまうほど、美花にしてみたらこの状況は現実味に欠けていた。

都合のいい夢で片付けようとしている美花に、大晟は現実だと教えてくる。

「ずっと、君が好きだった。初めて会ったあの日から、どんどん美花ちゃんが好きになっていく自分に気がついていたんだ」

「ほ、本当……?」

やっぱり夢を見ているのかもしれない。自分で頬をつねってみる。

「痛い」

「そりゃ痛いよ。そんなふうにしたら」

涙目で彼を見つめると、「ダメだよ。つねったら」と柔らかな笑みを浮かべてきた。

ようやく現実だと知ると、彼に抱かれているこの状況が無性に恥ずかしくなってくる。

身じろぎする美花に、彼は甘い声で囁く。

「ダメだよ、美花ちゃん。もう離さないって言っただろう？」

彼は美花を横抱きにしたまま、店の奥にあるソファーに座った。

そして、目尻や頬に何度もキスをしてくる。

恥ずかしいから、と止めたのだけど、彼は言うことを聞いてはくれなかった。

「どうして？　諦めていた恋が成就したのに、我慢なんてできないな」

彼の言葉を聞いて、切なくなった。本当なら両想いになった奇跡を心の底から喜びたい。でも――。

『お嬢、貴女が取るべき最良な行動はわかっていますね？』

すぐに脳裏に浮かんだのは北尾の言葉だ。

彼はきっと美花を諦めてはくれない。組の存続のためには、美花はどうしても必要なカードとなってくるはずだからだ。

このまま大晟と一緒にいたい。だけど、それを北尾は許してはくれないだろう。

もし、美花が大晟を選んだ場合。おそらく彼は問答無用で大晟に対して制裁を下すはず。

それだけは、絶対にさせてはいけない。彼を巻き込んでしまったら、悔やんでも悔やみきれない。

父の顔が浮かんだが、すぐにかき消す。

父の助けは求められない。北尾が個人的に美花に接触したことが耳に入ったら、彼は組にはいられなくなる。

そうなれば清香組、そして父を守れる人はいなくなってしまう。

――今夜だけ、甘い恋人同士でいたい。

きっとこれが美花に残された、最後の幸せ。大晟を愛しているからこそ、諦めなければならない。

今夜だけだ。それぐらいの我が儘なら、きっと許されるはず。

北尾はまだ、美花がこのカフェにいることに気がついていない。今夜しか、大晟の恋人でいることはできないのなら、せめて――。

「美花ちゃん？」

黙りこくった美花を見て、大晟が心配そうな声を上げる。

そんな彼の頬に手を伸ばし、包み込むように触れた。

温かい彼の体温を感じて、涙が出てしまうほどに幸せを感じる。

だけど、これだけじゃ足りない。もっと、彼の熱が欲しい。もっと、彼を感じたい。

これが大晟との最後の夜となるのならば、せめてこの夜だけは……彼の恋人でいたい。

「大晟さん……好き」

彼が息を呑んだのがわかった。同時に、美花を見つめる瞳には情欲の色が濃くなる。

美花を一人の女として見てくれているのを感じて、泣きたくなるほど嬉しかった。

十一歳の年の差があり、彼は美花を一人の女性としては見てくれるはずがないと諦めていたから。

今度は彼の魅力的な唇に指を沿わしながら、懇願するように言う。

「大晟さん……、抱いてください」

羞恥でどうにかなりそうだ。だけど、ここで躊躇《ちゅうちょ》していたら絶対にあとで後悔する。

それがわかっていたからこそ、決死の覚悟でしたお願いだ。

目の前の大晟は、かなり驚いた表情をしている。それもそうだろう。

明らかに恋愛初心者の美花が、彼と一夜を共にしたいと言い出したのだから。

切羽詰まった様子の美花を見て、彼は何か言いたげな表情になる。だけど、深くは追及するつもりはないのか。

横抱きにしていた美花を膝から下ろして隣に座らせたあと、顔を覗き込んできた。

「美花ちゃん。君が知らないだけで、俺はかなり悪い男かもしれないよ？」

「大晟さん？」

「それでも、君は俺に抱いてほしいと言えるかな？」

表情が読めない。だが、彼が美花を試していることだけは伝わってくる。

大晟をまっすぐに見つめると、大きく頷いた。

「抱いてほしいです。今すぐ……、大晟さんと両想いになったんだって実感したいんです」

美花の必死さに目を奪われている彼に、こちらも伺いを立てる。

「大晟さん。私だって貴方が知らないだけで、実は厄介な素性の女かもしれませんよ？　それでもいいですか？」

最初こそ目を見開いて驚いた様子だった大晟だが、すぐにその綺麗な唇に笑みを浮かべた。

「もちろん。美花ちゃんが俺のモノになるのなら、なんだってかまわない」

彼はソファーから立ち上がると、再び美花を抱き上げてきた。

大晟は美花を横抱きにしたまま、今まで美花が入ったことがない店舗の二階に向かうために階段を上っていく。

心臓が壊れてしまいそうなほどドキドキしている美花に、彼は甘くそして蠱惑的に囁く。

「……もう、絶対に離してあげないからね」

彼はそう言いながら、明かりが灯されていない部屋へと入った。

5

二階にある彼の私室に、横抱きにされたまま中へと入った。ここに来るのは、初めてだ。

カフェの二階には何があるのか。好奇心をくすぐられていたけれど、今まで尋ねたことは一度もない。

彼のプライベートに関わることを聞くのは、迷惑になるのではないかと思ったからだ。

それに、大晟について興味があると知られると、自分の気持ちが伝わってしまう可能性がある。

それを恐れて、踏み込んだことは何も聞けなかったのだ。

カフェの事務所的なスペースかと思っていたのだけど、想像していた間取りとは少し違っていた。

特に部屋に分かれておらず、パーテーションで区切られていた。

ソファーセットが置かれてあるリビングスペースの奥には、大きなベッドがあった。

階段の明かりが部屋の中に零れているけれど、中は真っ暗であまりよく見えない。

大晟の足が止まると、そのままベッドへと美花を下ろした。

すると、彼は背中を向けて離れていこうとする。

心細くなって、咄嗟に彼のシャツの裾を握ってしまった。

もしかして、このまま先程までのやりとりをなかったことにされてしまうのではないか。そんな不安が過ったからだ。

美花が、シャツを掴んでいると気がついたのだろう。大晟は踏み出そうとしていた足を止め、美花を振り返ってクスクスと笑い出す。

「どうしたの？　美花ちゃん」

「大晟さん。行っちゃ、イヤ」

彼のシャツを握りしめたまま、首を横に振る。

すると、彼は「大丈夫だよ」とシャツを握っている美花の手を優しい手つきでさすってきた。

「美花ちゃんを置いて、どこにも行かないよ」

彼は腰を屈めて美花のこめかみにキスをすると、ベッドのヘッドレストに手を伸ばしてリモコンを操作した。

ピッという電子音と共に、ベッドサイドにあったモザイクガラスのスタンドランプがほのかにオレンジ色の光を放ち出す。

彼はベッドに腰をかけると、美花の長い髪を一房摘まんで自身の唇に近づけた。

髪の毛にチュッと音を立ててキスをされ、顔に熱が一気に集中する。

胸がドキドキしすぎて苦しくなってきた。今更ながらに美花は自分が大胆なことをしでかしてしまったのではと内心慌てる。

振られる覚悟で彼に告白をしたのだが、まさか彼が応えてくれるなんて思いもしなかった。

それだけでなく、今から彼と身体と心を蕩かせる行為をするなんて……。

まだ夢を見ているのではないかと、この現状を未だに疑っている。

そんな美花の気持ちに、大晟は気がついているのだろう。

困ったように眉尻を下げて、その魅力的な目で見下ろしてくる。

「まだ夢だと思っている？」

彼の声は、低く甘やかだ。それは今までにも思っていたことだけど、今夜は日頃の比ではないほどに魅惑的に聞こえた。

コクンと頷き、正直な気持ちを伝える。すると、彼は目元を緩ませた。

「俺もだよ」

「え？」

「実は、未だに信じられないでいる」

噛みしめるように言う彼を不思議に思っていると、彼は肩を竦める。

「ずっと君のことが好きだったんだ。だけど、ほら……年も離れているし、美花ちゃんはこれから色々な人と出会うはず。それなのに、俺が手を出してはいけないってずっと自分に言い聞かせていた」

彼の気持ちが伝わってきて、切なくなる。でも、それは美花だって同じ気持ちだ。

彼には、もっと大人な女性が似合うはず。年が離れすぎている美花を、相手になどしてくれない。そう思い込んでいた。

それに組の件もある。とても告白なんてできないと思っていた。

私も同じでした、と告げると、大晟は美花の髪に唇を寄せたまま熱っぽい目で見つめてくる。

「じゃあ、夢じゃないって実感してもいい？」

ドキドキしながら小さく頷くと、彼は美花の身体を押し倒して跨ぐようにベッドに乗り上げてきた。

急に彼との距離が近くなり、心臓の音がより忙しなくなる。

「あの、えっと……。私、こういうこと初めてで」

「美花ちゃん？」

「うまくできないかもしれないけれど……。嫌いにならないで？」

涙目で彼を見つめると、なぜだか視線をそらされてしまう。

「大晟さん？」

不安になりながら彼を呼ぶと、どこか照れたような表情の彼と目が合う。

「嫌いになるわけがないだろう？　むしろ……」

「むしろ？」

ドキドキしながら聞き返すと、彼は目を細めて淫靡《いんび》にほほ笑んだ。

「俺だけしか知らない美花ちゃんを知ることができるなんて嬉しいよ」

彼が覆い被さるように美花を見下ろしたとき、サラサラと彼の綺麗な黒髪が顔にかかった。

それがまた大人の色気ダダ漏れで、目が離せなくなる。

「美花ちゃんから俺に飛び込んできたんだ」

「大晟さん？」

「君が何を言ったとしても、もう二度と……離さない」

先程にも、同じことを言われたはず。だけど、なぜだろうか。もっと重い言葉に聞こえた。そんな気がする。

彼は、自分がかなり悪い男だと言っていた。

それが本当だったとしても、いい。どうしても彼が欲しくて堪らない。

この夜だけでいいから、愛してほしかった。

迷わずに頷くと、大晟は美花により覆い被さる。

彼の唇が、美花の初心な唇に触れてきた。

最初こそ、触れるような軽いキスだ。

だけど、次第に貪るような情熱的な口づけへと変化する。

大晟は何度も角度を変えては、美花の唇を我が物へとしていく。

抑えきれない情欲をキスで表されているように感じて、身体に熱が籠もってくる。

彼は舌を使って美花の唇を舐めてきた。唇よりもっと高い熱が触れ、下腹部が甘く震えてしまう。

快感に唇から力が抜けると、彼はすかさずその熱をより深く与えてくるように舌を口内へとねじ込んだ。

いつもの大晟とは違う、雄の雰囲気に引き込まれていく。

「はぁ……ぅ、ぁ……ぁ」

彼の舌は美花のすべてを奪うように、余すところなく触れる。

上顎の辺りを舐められたときには、身体中がゾクリと甘美な刺激に支配された。

キュッと彼のシャツを握りしめると、彼は美花の頭を抱えてきてよりキスを深いものにする。

舌で歯列をなぞるように触れられ、ゾクゾクとした快感が背を走った。

少しだけ瞼を上げると、涙で滲んだ視界に大晟の綺麗な顔が映る。

長い睫に、キリリとした眉。高い鼻梁。今は閉じているけれど、アーモンド型の綺麗な目。何もかもが夢の中で作り上げたものなのではないかと思ってしまうほど整った顔。

どんなに頑張って手を伸ばしても、絶対に触れることはできない。

そんなふうに思っていた憧れの人が今、自分を組み敷き何度もキスをしているなんて。

美花が甘やかな吐息を零しながら快感に身体が喜んでいるのを感じていると、彼は少しだけ目を開いてこちらを見つめてきた。

視線が絡んだ瞬間、より深い口づけをされる。

大晟がこんなに貪欲に求めてくるなんて想像していなかったので、そのギャップに驚いてしまう。

決して乱暴ではない。だけど、まるで獰猛《どうもう》な雄のようだ。

美花が欲しくて仕方がない。彼は、そんな感情を隠す気はさらさらなさそうだ。

チュッとリップノイズを立てたあと、彼はゆっくりと唇を離す。

そんな彼の目には、余裕というものを一切感じられない。それが嬉しかった。

大人な彼のことだ。こういった場数はかなり踏んでいると思う。

一方の美花は、これが初体験だ。何もわからず、彼に任せるしかない。

満足してもらえるようなテクニックを持ち合わせていないことは重々承知している。

だからこそ、彼が呆れてしまわないか。それが心配で仕方がなかった。でも――。

——私のこと、欲しいって思ってくれている……。

美花にも伝わるほど、彼の目は情欲に濡れていた。

「大丈夫？　美花ちゃん。余裕がなくて、ごめんね」

首を横に振る。そんなふうになってくれることが嬉しい。そう言ったら、大晟はなんて返事をするのだろう。

だけど、美花の唇から零れ落ちた言葉は、ただ純粋な気持ちだ。

「大晟さん……好き」

自分の声なのかと疑ってしまうほど、舌っ足らずな声だった。

恥ずかしくなって視線をそらすと、なぜか深いため息が落ちてきた。

慌てて視線を戻すと、彼は上体を起こして右手で口元を覆っている。

心なしか耳元が赤いように見えるのは、気のせいか。

間接照明がオレンジ色だからこそ、そう見えてしまったのだろう。そんなふうに思いながらも彼を見つめ続ける。

すると、急に彼が近づいてきて、チュッとかわいらしいキスをしてきた。

突然のことで驚いて目を瞬かせていると、「俺を萌え死にさせる気？」と不穏な言葉を発する。

不思議がる美花に、彼は再び深く息を吐き出す。そして、大晟が額同士をくっつけてきた。

綺麗な黒色の髪が、額に当たってくすぐったい。美花がフフッと声に出して笑うと、彼も目元を和らげた。

セクシーな笑みを直視してしまい、ドキッと胸が一際高く鳴る。

心臓が止まってしまいそう。そんな心配をしていると、大晟はチュッと鼻の頭にキスを落としてきた。

「俺も好き。美花ちゃんがかわいくて、愛おしくて仕方がない」

「大晟さん」

「ずっとずっと、こうしてトロトロに蕩かしてみたかった」

彼が、美花の耳元に唇を寄せて囁く。吐息が耳に吹きかけられ、それだけで身体がビクッと震えてしまった。

素直に反応する美花に彼は「かわいい。もっとかわいい姿を見せて」と言って背中に手を添えると、起き上がらせてくる。

そして、キスをしながら美花のコートを脱がし始めた。

美花は恥ずかしさを覚えて抵抗するが、すぐに力が抜けていき彼にされるがままになる。

先程までの情熱的なキスとは違う、甘やかな口づけに心と身体はトロトロに蕩かされてしまった。

もう、身体に力が入らない。

気がつけば、美花のコートはすでにベッドの脇に置かれていた。それに視線を向けている間にも、彼の長く綺麗な指は違うターゲットに触れていく。

スーツのジャケットを脱がしたあと、白色のブラウスのボタンを一つ一つ外していく。

夜はずいぶん冷えてくる、十一月下旬。ヒヤッとした空気が身体に触れる。

だけど、今の美花にはその冷たさが心地よく感じられた。

彼によって与えられた愛撫で、身体が火照っているからだろう。

すべてボタンを外され、ゆっくりとブラウスを脱がされていく。

その手つきがなんだか焦らされているように感じて、もどかしさを覚える。

サラリとしたシルクタッチのブラウスが、衣擦れの音を立ててベッドの下へと落ちた。

それを視線の端に捉えていると、「膝立ちになって」と彼に優しい口調で甘く命令されて、素直にそれに従う。

腰の辺りに彼の腕が絡みついたあと、プツリという音を立ててスカートのホックが外されてゆっくりとファスナーが下りる音がした。

そのままそれは足下に絡まりながら落ちていく。

すると、彼は美花を優しくベッドに組み敷き、足下に絡んでいたスカートを剥ぎ取る。

下着姿になった美花を見て、彼は目を細めた。

ジリジリとした熱い視線を彼から感じて、身悶えてしまう。

膝と膝を擦り合わせて、美花はなんとかその視線から逃れようとするけれど、それは無駄なことなのだと知った。

「綺麗だ……」

彼が見下ろしてきて、ぽつりと呟く。

その声には、お世辞など含まれていないのだろう。思わず零れ出た言葉のように聞こえた。

嬉しいけれど、やっぱりまじまじと見つめられて美花の頬が熱くなる。

腕で胸を隠そうとすると、彼はそれを優しく制止した。

「美花……、もっと俺に君を愛させて」

反則だ。急に呼び捨てで呼ばれて、胸が高鳴る。

そんなふうにお願いされたら、言うことを聞いてしまいたくなる。

羞恥に堪えながらも、腕をどける。すると、彼は「いい子だ」と蜂蜜みたいなトロリとした甘さを含んだ声で言った。

美花をキュッと抱きしめたあと、彼の唇と舌は首筋を辿るように触れてきた。

ゆっくりと下降しながらも、ところどころキツく吸い上げては痕を残していく。

チクリとした甘い痛みを感じて、美花は悩ましげな吐息を漏らしてしまう。

何度かそれを繰り返したあと、彼の唇は胸元へと吸い付いた。ブラジャーの肩紐をずらし、片方のカップを引き下ろした。

零れ落ちた乳房に唇を寄せて、もう片方はその大きな手で包み込むようにブラジャーの上から揉んできた。

「あぁ……っ、ふ……んん！」

気がつけばカップからすべて胸が零れ出ていて、乳輪の輪郭を辿るように彼の舌が舐めている。

それだけでも下腹部が揺れるほどの快感がしたのに、彼の舌がすでに硬くなっていた頂を舐め上げてくる。

「あぁ……っ！」

思わず大きな声で啼いてしまう。慌てて手で口を押さえたのだけど、それは無意味だとすぐに知る。

次から次に、彼は快楽を植え付けてきたからだ。

背中に回された手は、ブラジャーのホックを外す。

そして、プルンと揺れる胸を形が変わるほど揉みしだく。それと同時に、彼の唇は頂を咥えて舌で転がしてくる。

口に置いていた手は知らぬ間に外れてしまい、美花は引っ切りなしに喘いでしまう。

両方の胸を、手や指、そして唇と舌で交互に愛撫されて涙目で彼を見上げる。

初めての快楽に、どうしたらいいのかわからなくなった。

頂に吸い付いている彼の頭をキュッと抱きしめて、何度も喘ぎながら淫靡な刺激を味わう。

大晟が顔を上げ、妖しげに口角を上げる。

彼の声を聞くたびに、身体が喜ぶのがわかる。コクコクと何度も頷くと、彼は口元に笑みを浮かべた。

「気持ちいい？　美花」

身体が敏感になっていくのがわかり、自分が何かに塗り替えられているような気になる。

夢中で彼の愛撫を受け入れていると、彼の手は腰やお尻の丸みを味わうように触れてきた。

太ももを触ったかと思ったら、そのまま腕を滑らせてお尻を撫で上げてくる。

何度かそれを繰り返した彼の指が、ゆっくりとショーツのクロッチ部分に触れた。

慌ててその手を止めようとしたが止めきれず、クチュッという水音を含むような感覚がした。

感じて濡れている。美花は、それを自覚して無性に恥ずかしくなった。

右手で口元を隠す美花を見て、彼の目尻は下がる。

かわいい、そんなふうに言われている気がして美花の目が泳いだ。

先程までは胸元にあった彼の顔が気がつけば下腹部辺りにあり、クロッチの部分を見つめている。

彼は、ショーツの上から花芽に触れて何度も往復させてくる。気持ちがよくて、啼き声を上げてしまった。

羞恥でどうにかなってしまいそう。そんなふうに思っている美花を、大晟はますます甘く誘ってくる。

彼の指はショーツの中へと入っていき、泥濘《ぬかる》む場所に直接触れた。

初めて体験する快楽に目の前が真っ白になるほど強烈な刺激を与えられ、美花は甲高く喘いでしまった。

ハァハァと呼吸を荒らげて身体をベッドに投げ出していると、彼はショーツを剥ぎ取った。

ダランと力が抜けている両足を持ち、彼は膝裏に触れる。

あ、と思ったときには、すでに彼によって大きく足を広げられている状態に。

慌てて閉じようとしたのだけど、彼の身体が入り込んでいてそれもできない。

「ダ、ダメッ……！」

美花が制止するも、彼の行動の方が早かった。

指で弄っていた花芽を、今度は彼の唇が愛で始めたのだ。

「あああっ……っ！」

チュッと吸い付かれた瞬間、背がしなる。同時に、耳を覆いたくなるほどの歓喜の声を出してしまった。

キュンと下腹部が締め付けてきて堪らない。奥の方から蜜が零れ落ちてくるのも感じる。

彼の手によって喜びを覚えながらも、やっぱり恥ずかしさの方が勝っている。

大晟は花芽を舌で転がしながら、長く綺麗な指を蜜路に挿し込み、蜜をかき混ぜてくる。

ゆっくりと指を出し入れされるたびに蜜が増していき、お尻に伝ってシーツに染みを作っていくのがわかった。

「美花、どう？　気持ちがいい？　痛くない？　大丈夫？」

処女である美花を気遣ってくれる彼に、何度も頷く。

こんなに気持ちがいいだなんて思わなかった。それは初めての体験をする美花を彼が気遣って愛してくれている証拠なのだろう。

彼は美花の腰をより高く上げ、足を彼の肩にかけた。

そして、隠しておきたい場所を、じっくりと見つめてくる。

ジリジリとした熱い視線を感じて、蜜がまた垂れてきたのがわかった。

その蜜を、彼が音を立てて啜り上げてくる。気持ちよさと恥ずかしさで、どうにかなってしまいそう。

涙目で彼を見つめると、視線が絡む。花芽を唇と舌で愛撫されている様子を見てしまい、美花の身体全体に熱が込み上げてくる。

視線をそらしたいのに、そらせない。二人の視線がより熱を持って絡んだ瞬間だった。

彼が、先程よりもっと甘い刺激を与えてきたのだ。

何度も指を出し入れしながらも、美花が反応する気持ちいい場所を刺激する。

そして、彼が花芽をキツく吸い上げたときだ。

チカチカッと目の前に弾けるような光が放たれた気がした。

「あぁ、あ……やぁ……あぁぁんんっ！」

足に力が入り、ピンッと足先が天を向く。それと同時に全身が硬直して、何度か震えた。

足から力が抜け、ダラリとした状態で彼に抱きかかえられる。

ゆっくりとベッドに下ろされたあとも、目がくらむような刺激が身体から離れてくれない。

吐く息には、甘く淫らなモノが混じっている。そんな気がしながら、足下にいる大晟を見つめた。

彼は真っ赤な舌をチラリと見せながら、自身の指を舐めている。

そこは、テラテラと濡れていた。だが、その正体に考えが至り、顔が熱くなる。間違いなく愛液だろう。それを美花に見せつけるように舐めたあと、彼は蠱惑的にほほ笑む。

「イク瞬間の美花、めちゃくちゃかわいかった」

今の彼は、いつもの穏やかなカフェのオーナーの顔をしていない。獰猛たる野獣のようだ。

印象は全く違うけれど、このギャップも素敵だなと思ってしまう。

ドキドキしてしまうほど大人の色気を醸し出している大晟を見て、自分が逆上せ上がっているのを感じた。

だけど、それも仕方がない。大晟が素敵すぎるのがいけないのだ。

八つ当たりをしてしまいたくなるほど彼はかっこいいし、素敵。やっぱり大好きだ。

何度も「かわいい」と言ってくれる彼。いつもならリップサービスだと受け取っているけれど、今夜だけは全部受け入れてしまいたい。

彼に愛されている。それを実感すれば、これからどんな道を歩んでいくことになっても大丈夫。

そんな気がした。

大晟は、服を脱ぎ捨てていく。美花の視線を感じているのはわかっているだろう。

なんだか見せつけるように脱いでいく。

——綺麗……。

思わず恍惚とするほど、彼の裸体は綺麗だった。

大晟に欠点はないのか。僻んでしまいそうになるほど、彼は何もかもが完璧だ。

惚けている美花を見て小さく笑ったあと、彼はベッドのヘッドレストに手を伸ばした。

避妊具を手にして、美花にそれを見せてくる。

きちんと美花の身体を気遣って抱くから。そんな意思表示のように感じる。

ピリッとパッケージを破く音が聞こえた。だが、すぐに彼から視線を外す。

顔を両手で覆う美花を見て笑っているのだろう。彼の柔らかな声が聞こえてくる。

肌に感じるのは、彼の熱。しかし、先程までとは違った。直に感じる熱は、とても気持ちがいい。

「美花、愛しているよ。かわいい顔を見せて？」

彼のお願いを聞き、顔を覆っていた自身の手をゆっくりと外す。

すると「よくできました」とほほ笑んでチュッと唇にキスを落としたあと、彼は身体を起こした。

そして、美花の膝を立てる。

右足を恭しく持ち上げ、そこに頬ずりをしてきた。

ゾクゾクッとした淫靡な快感が走る。

これから甘やかで、だけど刺激的な快楽を自身の身で受け止めるのかと想像すると、胸の高鳴りが止まらない。

想像ができない痛みも味わうことになるのだろう。だけど、かまわない。

快楽も痛みも、何もかも全部。大晟から与えられるものなら、なんだって欲しい。

彼は足先にチュッとキスを落としたあと、こちらを見つめてくる。

先に進んでいい？　そんな承諾を求める彼の真摯な目を見て、覚悟を決めて頷いた。

「痛むと思うけど、止められないから」

彼の目が、淫欲で染まっている。彼をそんな表情にしているのは、美花自身なのだと思うと嬉しくて仕方がない。

「止めなくて大丈夫です」

「美花？」

「私、大晟さんからの痛みなら耐えられるから」

えへへ、と笑ってみせる。言っていて、なんだかこそばゆくなってしまったのだ。

美花の笑顔を見た大晟は、愛おしそうに目を細めてくる。

「痛みは今夜だけ。これからは、美花を快楽に溺れさせてみせるから」

内太ももに唇を沿わせたあと、足を大きく広げさせられる。

腰が上がるほど広げられたあと、彼の腰が押しつけられた。硬く熱い何かが触れてくる。

それが何なのか。わかった瞬間、心臓が早く打ち始めた。

美花とこうして愛し合ったことで、彼が興奮している。それがわかり、安堵と喜びで胸がいっぱいになった。

何度か擦り付けるように、彼が腰を動かす。そのたびに蜜音がして、淫らな気持ちが高ぶっていく。

「いくよ」

美花に心の準備をさせたあと、彼は少しずつ腰を押し進めた。

蜜が潤滑油のようになり、彼の屹立《きつりつ》がナカへと入ってくる。

熱い塊が奥へと進むたびに、なんとも言えぬ緊張が込み上げてきた。

「大丈夫。ほら、ゆっくりと呼吸をして」

身体が痛みを覚悟して硬くなっていたようだ。意識して深呼吸をすると、彼が褒めてくれる。

異物感が半端ないけれど、大晟が体内に入ってきているのかと思うと愛おしくて仕方がなくなる。

だけど、そんなふうに思っていられたのも最初だけ。彼がナカに入ってくるたびに、引き攣った痛みを感じてしまう。

顔を歪めてシーツを握りしめる美花に、大晟は根気よく身体が開くまで待ってくれた。

涙で滲む目元にキスをしてくれたり、胸の頂を指で弾いたりして、痛みを紛らわす努力をしてくれる。

「いくよ、美花」

彼はそう言うと、腰をググッとより押し進めた。

「つう……！」

今までで一番の痛みが襲う。ジンジンとした熱を帯びた痛みを感じてはいるのだけど、幸せも感じて泣けてきてしまった。

彼は痛みで泣いているのかと慌てたが、首を横に振る。

「違うの……。嬉しくて」

「美花？」

「私、諦めていたから。大晟さんと、こんなふうに抱き合えるなんて……」

嬉しい、と感情を吐露すると、彼は真剣な眼差しを向けてきた。

「大事にする」

「大晟さん？」

「一生、美花を大事にする。約束するから」

そう言うと、彼は抽挿を始めた。先程までは痛みしか感じなかったのに、じわじわと違う感覚が呼び起こされる。

彼が腰を動かすたびに、蜜音が大きくなる。耳を押さえて恥ずかしさを紛らわしたくなるが、だんだんとそれどころではなくなっていく。

引っ切りなしに甘く喘ぎ続けてしまうほど、彼によって与えられていく快楽が気持ちがいい。

浅い部分を刺激されるたびに声を上げていると、彼は同時に花芽を親指で刺激してくる。

「ああっ……!!」

ビクビクッと腰が震える。それは、ナカにいる彼にも伝わったようで、甘い吐息が聞こえた。

セクシーなその声を聞いて、下腹部がキュンとしてしまう。

大晟をキツく絞り上げてしまったようで、彼は恍惚とした表情を浮かべた。

その目はギラギラとしていて、捕食者の色を隠さない。

「美花……っ」

「あぁ……はぁ、ぅ……んん」

腰の動きが速くなっていく。そのたびに、蜜がこぼれるのがわかった。

クチュクチュと蜜音を立て、身体と身体がぶつかり合う音が部屋に響く。

気持ちがよすぎて、もう何がなんだかわからなくなっていた。

うわごとのように、彼の名前を呼ぶ。それは、大晟も同じだった。何度も美花の名前を呼び続ける。

「あぁぁんん、も……ぅ、ダメっ！　大晟さ……っ」

「美花、美花……っ」

彼が、腰を奥へと押しつけてくる。そのたびに、先程味わったあの快楽が呼び戻された。

彼の荒立った呼吸を聞くたびに、身体が敏感になっていくのがわかる。

「あ、あ……ぁ……っ、あぁああ！」

大晟が打ちつけた瞬間、ナカが今までで一番収縮したのを感じた。

身体が仰け反り、足が小刻みに震える。

大晟の腰も、何度か震えているのがわかった。薄膜越しに熱い迸りを感じる。

甘やかで淫らな空気が立ち込めているこの部屋には、二人の乱れた呼吸の音が聞こえるのみ。

美花の身体から力が抜けたのを見て抱き留めたあと、大晟はゆっくりとした動作で腰を引く。

彼の体温がなくなる。その寂しさを感じていると、ギュッと力強く抱きしめてくれた。

「美花、愛している」

「大晟さん」

「もう、どこにも行かせないから」

その言葉を聞いて、ドキッとしてしまった。後ろめたさを感じつつも、何も言えなくなる。

彼からストレートな気持ちをぶつけられて嬉しい反面、こうして抱き合うのは今夜が最後なのだと思うと切なくなった。

だけど、今はそのことを告げられない。卑怯な自分を許してほしい、と心の中で謝罪を繰り返した。

想いが伝わり、こうして愛を確認できて嬉しい。だけど、もう大晟には会えなくなるだろう。

北尾に万が一見つかったら、彼は何をするかわからない。そんな怖さを感じる。

本当は、このまま彼と朝を迎えたい。だけど、それを望んではいけない。

泊まっていけばいいと言う大晟に首を横に振り、その誘いを断る。

母に何も言わずに無断外泊はできないと言うと、「さすがに美花のお母さんに顔向けできないようなことはしたくないからね」と大晟は渋々だが折れてくれた。

シャワーを借りて身支度を済ませていると、彼はタクシーを呼んでくれていた。

いつもならばカフェ近くにある駐車場に車を置いてあるらしいのだけど、今日はバイクしかないという。

こんな行為をしたばかりでバイクはキツいだろうからと、大晟はタクシーを呼んでくれたようだ。

送っていきたいという彼をなんとか説得をし、一人でタクシーに乗り込もうとした。

しかし、腕を引っ張られて気がつけば彼の腕の中へと導かれてしまう。

「た、大晟さん⁉」

タクシーの運転手が見ていないか。心配になって一人で顔を赤らめていると、彼は耳元で囁いてくる。

「またね、美花」

その声は、先程まで美花を組み敷いていたときに聞いていた声のトーンと一緒。

心臓が止まりそうになるほどドキドキしてしまう。

彼は美花をタクシーの後部座席に座らせると、運転手に「お願いします」と言ってお金を支払った。

自分で払うという美花の声を無視してにっこりとほほ笑むと、ドアを閉める。

そして、彼はずっと手を振り続けてくれた。

だんだんと視界が涙で滲んで彼の姿が見えなくなってくる。

これで大晟と会えるのは最後になるだろう。込み上げてくる切ない気持ちをなんとか抑えようと必死になるけれど、我慢しきれなくなって涙が頬を伝っていく。

美花は顔を両手で覆って、声を殺して泣いた。

6

美花が乗ったタクシーが見えなくなるまで見送ったあと、大晟は静まり返る店内へと入った。

いつもならまだ営業をしている時間で、お客もいるし野垣もいる。

だからこそ、日付が変わる前なのに店内に誰もいないのが不思議に感じられた。

それにしても、自宅マンションに戻らずスーパーに買い出しに行った自分を褒めたい。

もし帰宅していたら、美花に会うことはできなかったはずだ。

先程までこのカフェの二階に美花がいて、睦み合っていたなんて信じられない。

だが、今もまだこの手に彼女のぬくもりが残っている気がする。

やっぱり夢じゃなかった、と幸せを噛みしめる。

「……ココアでも淹れようかな」

カウンター部分にだけ照明をつけ、ココアを作り始めた。

そうしていなければ、組み敷いたときのあのかわいらしくも艶めかしい美花の表情を思い出して滾ってしまいそうになるからだ。

いい年をした大人が、と苦笑いを浮かべたくなるが、あんな幸せな時間を過ごしてしまったらこんなふうに腑抜けになるのも仕方がないだろう。

自分を肯定していると、小鍋の中に注いだ牛乳がフツフツと沸騰し始めた。

普段はコーヒー党だけど、彼女と会った日にはこうしてココアを飲むことが多い。

──美花は、ココアが好きだからな。

彼女と言えば、ココアだ。そして、美花と出会った日ともリンクする。

美味しそうにココアを飲む美花は、めちゃくちゃかわいい。

目を輝かせ、嬉しそうにほほ笑む彼女。

口元に生クリームをつけながら「美味しいです！」と抱きしめたくなるほどかわいらしく言う表情なんて、もう……！

思い出すたびに胸の奥が温かくなるのを感じて、思わず一人で惚気てしまう。

自分はそんなキャラじゃないだろう、と突っ込みたくなる。

だが、美花のことに関してだけは、人が変わってしまう。それは認めよう。

日頃の大晟を知っている人から見たら、別人のようだと呆れ返るはずだ。

考えたらおかしくなって、思わず肩を震わせてクックッと笑った。

火を止め、食器棚の片隅に置いてあるカップを取り出し、今しがたできたばかりのココアを注ぐ。

本来なら、今ここで彼女と二人でココアを飲みたかった。だが、残念ながらそれは叶わず……。

実は少しだけ拗ねている自分に気がつき、苦く笑う。本当にらしくない。

流しに腰を預けて、特にデコレーションしていない普通のココアを啜る。

美花にはいつもかわいらしいトッピングをするが、あれは特別。彼女にしかしていない。

そのことに、美花は気がついているだろうか。

甘いココアを飲みながら、どうしても脳裏に浮かぶのは美花のことだ。

セックスは初めてだと恥じらいながら告白してきた美花を思い出して、愛おしい気持ちでいっぱいになる。

気がつかないうちに、口角が上がっていた。誰も見ていないとはわかっているのだけど、頬を擦ってニヤけた顔を戻す。

叶うはずがないと思っていた恋が成就した瞬間。もう、自分の欲望を止めることはできなかった。

いくら彼女から「抱いてほしい」と言われたからといって、すぐに手を出すのは大人げない。

そうは思ったのだけど、彼女の必死な泣き顔を見ていたら、理性は脆くも崩れていった。

美花は、年の離れた女の子。庇護するべき存在だ。

出会いが出会いだったので、か弱き者を守らなければと思っていた。

そういう感情があったから、気になる存在なのだろう。最初こそ、そう思っていた。

だけど、すぐに美花の魅力に嵌まっていく自分に気がついていく。

彼女が、かわいくて仕方がない。時折見せる、ドキッとするほどの女性としての魅力に囚われていく。

しかし、絶対にこの想いは封印しなければならない。

彼女は仲がいい常連客、かわいい妹的存在。そんなふうに、何度も自分に言い聞かせ続けてきた。

大晟には、彼女に想いを告げられない理由が存在している。それは、父親が名の知れた極道一家の組長だからだ。

秋雷会という国内でも名の知れた組の長《おさ》が、自分の父親である上、若頭を兄が務めている。

大晟は秋雷会組長の息子として生まれ、当然のごとく組員として生きてきた。

周りの人間からは腫れ物に触るように扱われるのが我慢ならず、昔から極道の世界が嫌いだ。

それでもこれは自分の宿命として、あの世界に身を置いていたのだが……。

数年前、他の組から襲われたとき、大晟の側近であった男が犠牲になってしまったのだ。

幸い、命に別状はなかったが、足を不自由にさせてしまった。

あの一件がきっかけで、極道の世界から足を洗う決意をして今がある。

現在直接家業に関わっておらず、いくつかの会社の取締役や店のオーナーなどを務めている状況だ。

昔から知識を吸収することが好きだったおかげで、一からの起業も紆余《うよ》曲折《きょくせつ》あったもののいくつも会社を持つことができるまでになった。

しかし、組とは一線を引いているとはいえ、極道の関係者が身内にいる。それに、大晟だって元極道だ。

そんな立場の大晟は、一般家庭の女性に恋慕するわけにはいかない。

その人に迷惑がかかるのが、わかりきっているからだ。

美花が、大晟を少なからず想ってくれているのであろうことは伝わってきていた。

あんなにキラキラとした無垢な目で、好きですと言わんばかりの表情で見つめられたらさすがにわかる。

そんなふうだから、何度押し倒したくなったかわからないほどだ。

だけど、理性を総動員して、我慢に我慢を重ね続けてきた。それが美花への愛だと思っていたからだ。

彼女が大晟を諦めて、ごく普通の男に想いを馳せるまで。自分は、彼女を見守り続けよう。そう誓っていた。

しかし――。

マグカップを両手で持ちながら、小さく息を吐き出す。

先日、美花がこのカフェ〝星の齢〟に入ってきたとき、道路を挟んで向こう側に不審な男を見かけた。

こちらを窺っている様子だったのだが、美花が店内に入った瞬間、その男は立ち去っていった。

最初こそ怪訝に思っていたのだが、気のせいだろうと処理しようとした。

しかし、すぐにその男の顔に見覚えがあったことを思い出したのだ。

その男は、以前秋雷会に喧嘩をふっかけてきたことがある紅葉谷組《もみじやぐみ》の組員だ。

紅葉谷組といえば、常に秋雷会を目の敵にして対立している組だ。

小規模なりに勢力をつけながら、いつか秋雷会を潰そうと考えている少々厄介な存在でもある。

そんな男が、どうしてうちのカフェを見ていたのか。

大晟もしくは、秋雷会を監視するためだったのならば、まだいい。

しかし、男の目が捉えていたのが、美花だったら……?

杞憂《きゆう》ならいい。だが、もし極道者が彼女を狙っているのならば、どうして美花が見張られていたのか。疑問が残る。

今まで、美花については何も調べてはこなかった。

どうせ諦めなければならないのならば、彼女について深くを知りたくはない。そう思っていたからだ。

しかし、そんなことを言ってはいられない状況。尻込みしている場合ではない。

そこで、うちのカフェの店員であり、元秋雷会の組員だった野垣に調べさせたのだが、驚愕の事実を目の当たりにする。

美花の素性についてだ。

彼女は、秋雷会が懇意にしている清香組の組長の一人娘だと明らかになった。

調査書を見たとき、「本当に間違いはないか？」と何度も野垣に確認を入れたほどだ。

これが本当だったとしたら、かなりの機密情報といえるだろう。

再度調べ直させたが、やっぱり美花は清香組組長の娘。確かな筋からの情報だと野垣は胸を張る。

その〝確かな筋〟というのが、大晟の父であり秋雷会の組長である大吾《だいご》だと聞き、やはりこれは真実なのかと呆然としてしまった。

秋雷会組長である佐宗大吾と美花の父親であり清香組組長の清香豪《ごう》の二人は昔からの悪友であり、組同士もいい関係を築いている。

だからこそ、父からの情報と聞いてまごうことなき真実なのだと判断した。

清香組といえば、歴史のある極道一家だ。世襲制で長年続いていた組だが、その伝統が今危ぶまれている。

現組長は未婚者であり、もちろん子どもはいない。それは、周知の事実として大晟も知っている。

だからこそ、内部紛争が起こるのではないか。もしくは、虎視眈々《こしたんたん》と清香のブランドを狙う組が奇襲をかけるのではないか。

長年、そんな噂が絶えないのは有名な話である。

もし、美花が清香組組長の実子ならば、彼女は清香組の正統な後継者となる。

清香組にとって、待ち焦がれた朗報であることに違いないはずだ。

しかし、清香の組長は美花の存在を明らかにしていない。

おそらくだが、美花を極道の世界に近づけたくないのだろう。だからこそ、ここまでひた隠しにしてきたのだ。

現在、美花の素性について知っている人間は、ほんの一握りだという。

美花は、自身の素性を知っているらしい。そして、父親が美花を極道の世界に近づけさせたくないという思いもわかっているようだ。

しかし、美花はいずれ自分が極道の世界に担ぎ込まれるかもしれない可能性があることを悟っている。

清香組には、表立っての後継者がいない。

だからこそ、彼女はある種の覚悟をしているのだと思う。

それを知ったとき、腑に落ちることがあった。

美花はいつも大晟に対して、恋をしているのを隠そうと必死になっていた。

もちろん、気持ちを告げる勇気がないから告白をしてこないだけ。

そうとも考えられるが、自分が極道の世界と繋がっていると知っているから告げられなかったということもあり得るのではないか。大晟がそうだったように。

彼女は大晟が元極道だという事実を、そして実家が秋雷会だとは知らない。

カフェなどを経営している、ただの一般人だと思っているはず。

そんな大晟を、極道の世界に引き込んではいけない。そう思ったからこそ、想いを告げられずにいたのだとしたら？

切なそうに口を閉ざす彼女を何度も見てきた。そのたびに、何度大晟から想いを告げてしまおうと思ったことか。

愛しているからこそ、守らなければならない。その思いに囚われてしまっていたのだろう。

だが、美花はその弊害を乗り越えて、大晟に想いを告げてくれた。どれほど、嬉しかったか。

彼女は大晟の素性を知らない。それなのに、覚悟を決めてくれたのだ。

もう遠慮しなくていい。そう思ったからこそ、彼女を抱いた。だが……。

——あの必死さは、引っかかるな。

紅葉谷組の舎弟が彼女につきまとっていたことと、何か関係があるのではないか。

美花に極道の人間がつきまとっていたのが、清香組の者ならば理解できる。

しかし、あの日美花を監視していたのは、紅葉谷組の人間だった。

それが不可解だ。

だからこそ、その件についても野垣に調べさせている。だが、難航しているようで今もまだ報告はあがってきていない。

考え込んでいる間に、すっかりココアは冷めてしまった。

冷たくなってしまったココアを飲み干していると、スマホの着信音が鳴り響く。

マグカップを流しに置いたあと、スマホに手を伸ばす。野垣からの電話だった。

「もしもし」

『大晟さん、お疲れ様です。実は、大晟さんの耳に入れておきたいことがありまして』

野垣が言うには、どうやら清香組の若頭である北尾という人物が、紅葉谷組と手を組む手はずを整えているらしい。

あの日、美花をつけていた男も紅葉谷組だ。やはり、何かが動いている。

――組の乗っ取りを画策しているのか……？

考え込んでいると、野垣は『それと、もう一つ』とさらに続けた。

「なるほど……。清香組若頭が、美花ちゃんをねぇ……」

清香組若頭――北尾が、どうやら美花を狙っているという情報も掴んだようだ。

清香組若頭と言えば、組に対して忠実であると有名な男である。

その男が、清香組の危機を放置しておくはずがない。それも、正統な後継者がいることを、北尾は知っているはずだ。

後継者が組を継げば、清香組は安泰。

北尾が美花と結婚をすれば、清香の血筋を絶やさずに済む。それなのに、美花を隠し通そうとする組長。

焦れた北尾は、単独で動き出しているのだろう。

「それで、今夜のあの涙の告白か……」

『え？　どういうことです？　大晟さん』

野垣は、大晟と美花の関係が動いたことを知らない。

好奇心旺盛な彼は、何度も聞いてくるが笑ってごまかしておく。

「野垣、ありがとう。近いうちに、清香組長に会いたい。アポを取っておいてくれ」

色々と聞きたいことがたくさんある様子の野垣だったが、すぐに『畏まりました』と引き受けてくれた。

だが、通話を切る寸前『あとでちゃんと教えてくださいよ！』と念押しをしてくるのを忘れない。

そんな野垣に苦笑したあと、通話を切った。

7

十二月上旬。街は、すっかりクリスマス一色だ。

大晟と想いが結ばれてから、一週間が経過。今のところ、北尾から連絡は来ていない。

だが、時間の問題だろう。決断はすぐに迫られるはずだ。

仕事帰り、電車に揺られているとバッグの中でスマホがブルブルと震えた。

スマホを取り出して確認をする。大晟からのメールだった。

『いつ、会えるかな？』

文面を見て、思わず重い息を吐き出してしまう。

大晟からのメールが届くたびに、胸が痛む。彼に会うことは、もうできないからだ。

今までは当たり障りない言葉で断っていたけれど、いずれは別れを告げなくてはならない。

本来なら、あの夜にきちんと別れを告げるべきだった。

それなのに、こうして決定的な決別をズルズルと引き延ばしているのは、結局未練があるから。

大晟は、美花を好きだと言ってくれた。それなのに、こんなふうに曖昧な態度を取るのは誠実ではない。

わかっているのだけど、どうしても別れの言葉が言えずにいる。

美花を受け入れてくれた大晟だが、それは美花を取り巻く環境について知らなかったからこそ。

もし、極道の世界との繋がりがあると知ったら、彼は美花を抱いてはくれなかっただろう。

あの夜、北尾が強引に事を運ぼうとしていることを知ってしまい動転してしまった。

このまま北尾と結婚をして、組を守っていかなければならないかもしれない。もう二度と大晟と会えなくなるのならばと、思い切って彼に想いを伝えたのだ。

予想外に、彼は美花の気持ちを受け入れてくれたけれど、告白したことがよかったのか、悪かったのか。今となっては、わからなくなっている。

何度かスマホをタップして文章を打ってみたものの、なんと返事をすればいいのかわからずに削除した。

早く別れの言葉を伝えた方がいい。そうしなければ、大晟に迷惑がかかる。

頭ではわかっている。だけど、指は動いてはくれない。

スマホをバッグにしまって現実逃避をしたが、いずれ強制的に訪れる未来を思って胸が痛くなる。

家に帰ったら、大晟への返信をどうするか考えなければならない。

足取り重く家へと入ると、そこには仏頂面をして仁王立ちしている父がいた。

「お父さん……？」

さすがは、その筋の人だ。かなりの迫力がある。

こんなふうに激怒している父を見るのは、初めてだ。

今までにも注意されることは幾度かあったが、ここまで父が恐ろしいと思ったことはなかった。

踵を返して逃げ出したくなったが、「早く上がりなさい」という怒りを込めた父の声を聞いて逃げられないのだと悟る。

渋々パンプスを脱いで家に上がり、父のあとに続いてリビングへと入った。そこには、神妙な顔をした母もいる。

腰を下ろした瞬間、父は開口一番に「この馬鹿娘が！」と怒鳴り出した。

ビクッと身体を縮こまらせると、母が「落ち着いて」と父を宥める。

父は、何を怒っているのか。理由が読めなくて顔を顰めていると、鋭い目で睨まれた。

「美花。俺がどうして幸恵ちゃんと結婚をせず、美花を認知しなかったのか。わかっているだろう？組に関わらせたくなかったからだ。俺が必死になってお前たちの未来を守ろうとしているのを知っていて、美花はどうして極道の世界へと自ら飛び込もうとするんだ！」

北尾の件が父の耳に入ってしまったようだ。おそらく、北尾と二人きりで会ったことも知られてしまったのだろう。

そして、父に相談しなかったという時点で、美花が父には内緒で北尾の要求を呑もうとしていることに勘づいてしまったようだ。

父は頭を抱え、もう一度「馬鹿娘が」と今度は力なく呟いた。

リビングに沈黙が落ちる。美花からは何も言えずにいると、父が落胆した声で切り出してきた。

「北尾から、結婚してほしいと言われたらしいな」

「……はい」

「俺にすぐ相談しなかったのは……北尾の意見に賛同しようと考えていたからだな？」

黙り込む美花に、父は静かな口調で言う。

「俺の身を案じてなんだろう？」

もう隠せない。小さく頷くと、父は深く息を吐き出した。

「年々、俺のお袋によく似てきたとは思っていたが、中身までも似てきて……」

「おばあちゃん？」

美花が生まれる前に亡くなっているので、祖母には一度も会ったことはない。

不思議そうにしていると、父は「なかなか豪胆な人だったから」と苦く笑う。

美花が大人になっていくにつれ、見た目が祖母とうり二つになってきたらしい。

そして、性格もなかなか肝が据わった人だったようだ。組のために、自らが盾になるような女性だった。

父は肩を落としたあと、淡々とした様子で北尾のことを教えてくれた。

「北尾という男は、忠誠心の塊のような男だ。特に清香組の繁栄に関しては、並々ならぬ思いを持っている。特に俺の父――前清香組組長に家族の命を助けられた恩があるからな。うちの親父の遺言通りにしようと躍起になっている」

「遺言？」

「ああ、なんとしても清香組の継続をという遺言だ」

そんな過去があったからこそ、彼は清香組の未来が見えない現状に歯がゆさを感じている。組のことを考えるあまり、極端なまねをしでかすかもしれない。

そんな杞憂は常にあった、と父は肩を落とす。

「北尾は今、組への出入り禁止、そして謹慎処分を命じている」

なんでも北尾は、関西で勢力を広げている紅葉谷組と手を組み、清香組に圧力をかけて父を組長の座から引きずり下ろそうと画策しているらしい。

その後は、美花と籍を入れることで北尾は正統な後継者となり、組の再建をする。そんなつもりでいるのだろう。

美花を後継者として立てないのならば、今後の清香組は消滅の一途を辿るしかない。

だからこそ、北尾は違う勢力を借りて、清香組の継承を意地でも進めようとしているようだ。

父としても辛い立場だろう。北尾は父にとって懐刀のような存在だ。

主従関係がしっかりとできあがっており、父にしてみたら背中を預けられる数少ない人物だったに違いない。

しかし、今回北尾は父に反旗を翻した。その衝撃は、計り知れないものだろう。

北尾は、今まで一度として父に刃向かうことはなかった。

そんな男が、組長の意に沿わぬ行動をし始めているなんて。

その理由が、清香組存続のためなのだから、父も複雑な気持ちのはず。

これで、北尾から美花に連絡がなかった理由がわかった。父の監視があり、むやみやたらに行動ができなかったのだろう。

父の声は、硬く厳しい。

「とにかく、今の北尾は何をするかわからない」

「はい」

父がこれだけ言うということは、すでに説得を試みたが失敗したのかもしれない。

神妙な表情を浮かべた父は、美花にとある相談を持ちかけてきた。

「……婚約？」

「ああ。とはいえ、仮のだけどな」

北尾があのまま大人しくしているとは、とても思えない。となれば、いずれ美花を狙ってくるだろうと予想ができる。

だからこそ、身の安全を考えて、ある人物に美花を頼むことを決めたらしい。

なんでも清香組より遙かに大きな組織を持つ秋雷会にお願いして、美花を匿《かくま》ってもらう約束を取り付けたという。

北尾や紅葉谷組では簡単に近づけないため、現段階ではそこにいるのが一番安全を確保できるであろうと考えているらしい。

ただ、その組に行って匿ってもらうだけでは、効力は薄い。だからこそ、秋雷会組長の実子の婚約者という肩書きが必要なのだという。

そうすれば、北尾はもちろん他の組も手出しはできなくなる。

そのためには、まずは見合いをして婚約したように見せかけることが必要だ。そうすれば、北尾と世間を欺ける。

この方法が一番違和感なく秋雷会に潜り込め、なおかつ美花の安全が保証されるのだと父は言う。

「とにかく、一刻の猶予もない。今すぐ秋雷会に行く」

「今から⁉」

こんなに急に決行するなんて、心の準備ができない。

もちろん、仮の婚約者になるための顔合わせだとはわかっているが、それでもあまりに早急すぎないか。

声を上げて驚く美花に、父は顔を顰めた。

「北尾が姿を消したと先程連絡が入った」

「え？」

清香組の者が北尾を監視していたのだが、うまく巻かれてしまったらしい。

だからこそ、一刻も早く仮の婚約を済ませ、秋雷会組長の実子の婚約者という立場を得る必要が出てきてしまったようだ。

だが、複雑な気持ちがあるのも正直なところ。大晟が忘れられないのに、仮とはいえ婚約者ができるなんて。

言い淀みそうになるのを止める。今は父の言う通りにしておいた方がいい。

母に振袖を着付けてもらい、急いで秋雷会本家へと向かうことになった。

父はこの作戦を美花が承諾してくれたことに、ホッとしている様子だ。

なんでも、北尾の度重なる訴えに頭を悩ませ警戒をしていたとき、秋雷会組長の息子が紅葉谷組と北尾が何やら手を組みそうだという情報を父に伝えてきたらしい。

そのときに、仮の婚約をしたらどうかと提案してきたという。

秋雷会の組長と父は昔からの悪友らしく、今回の話を快く引き受けてくれた。

だから安心してくれればいいと聞いて、少しだけホッとした。

だが、仮とはいえ極道の人間の婚約者になるなんて。やっぱり大晟とは縁がなかったということだ。

彼への気持ちは残っているのは事実。だけど、この話を受け入れるべきなのだろう。

バッグからスマホを取り出し、今日送られてきた大晟からのメールを見つめる。

——潮時、だよね……。

覚悟が揺るがないうちにと、美花の指は忙しなくディスプレイをタップし続ける。

『もう、貴方に会うことができません。今まで本当にありがとうございました。さようなら』

そう打つと、すぐに送信ボタンを押す。だが、視界が滲んで見えなくなってしまった。

泣いているところを、父に見られるわけにはいかない。

慌ててスマホの電源を切る。それをバッグにしまい込み、顔を背けた。これでもう、終わりだ。

大晟と縁を切ってしまえば、もう彼を巻き込んでしまうかもなどと心配する必要はなくなる。

これでよかったんだ、と自分に言い聞かせ、何度も心の中で大晟に謝罪をした。

彼は、美花を好きだと言ってくれた。それが、ものすごく嬉しかったのに。

両想いなのに、別れなくてはいけない現実が悲しい。

――ごめんなさい。……ごめんね、大晟さん。

一方的に別れを告げた美花に対して、彼は怒るはず。でも、どうか早く忘れてほしい。

きっと彼には、素敵な女性がすぐに現れるだろう。だからどうか、次の恋をしてほしい。

本心では望んでいないのに、そう願わなければならない現実に絶望感を味わう。

声を出して泣きたくなった。だが、そんなことをすれば、父に心配をかけてしまう。

キュッと唇を噛みしめ、早く涙が止まりますようにと願い続けた。

どれぐらい車に揺られていただろうか。気がつけば、美花たちを乗せた車は大きなお屋敷へと入っていく。

あまりに立派なお屋敷で度肝を抜かれてしまった。目を見開いて驚いているうちに、車は敷地内の駐車場に止まる。

車から出ると、すぐさま駆け寄ってきたのは、黒いスーツを着た大柄な男性だった。

「清香さん、お嬢さん。お待ちしておりました」

こちらへどうぞ、と高級旅館のような広い玄関へと案内される。

こっそり父に聞いたのだが、この男性は秋雷会の若頭の側近をしている人物らしい。

父はこの秋雷会本家へとよく足を運んでいるようで、勝手知ったるなんとやらといった様子で迷いなく足を進めていく。

先程大晟に別れを告げたばかりで落ち込む中、慣れない着物姿で必死について行く。

ふと庭園に視線を向けると、秋雷会の人たちだろうか。興味津々といった様子で、こちらを見ているのがわかる。

見知らぬ場所、それも極道一家の本拠地に来て、緊張のあまり喉がカラカラになっていた。

本当に広いお屋敷のようだ。かなり歩いているのだが、目的の場所にはまだ辿り着けない。

渡り廊下のような通路を歩いて奥まった離れにまでやって来ると、ようやく一行の足が止まる。

「どうぞ、組長がお待ちです」

そう言うと、案内してくれた男性は部屋の中にいる人物に声をかけ、襖を開けた。

美花は今まで極道の世界にいる人とはあまり接した経験がない。知っているのは、父と北尾だけだ。

それなのに、いきなり清香組より大きな極道一家へとやって来て、そこの組長と対面するなんて。

緊張するなという方が無理だ。

そうでなくても、ここ最近色々な出来事がありすぎて情緒不安定だから、めまぐるしく状況が変わっていくことに対応できていない。

「美花、こちらに来なさい」

父が手招きをした。それに応えるように頷いたあと、緊張する身体をなんとか動かして部屋の中へと入っていく。

大きな座卓があり、真向かいに男性が座っているのが見えた。

父より少し年上である壮年の男性だ。美花を射貫くような目で見つめてくる。

威厳あるオーラ、鋭い視線。何もかもが組長の風格を感じる。

一見して恐ろしい雰囲気がする男性に身震いすると、鋭かった目元が和らぐ。

そのギャップに驚きつつも、誰かの面影に重なった気がした。

誰だろう、と内心で首を捻っていると、彼は目の前の席へと美花を誘う。

「ようこそ、美花さん。さぁ、こちらに座ってください」

「は、はい」

美花が緊張気味に返事をして腰を下ろすと、父が目の前に座る男性を紹介してくれた。

「こちら、秋雷会組長の大吾さんだ。……大吾さん、娘の美花です」

初めまして、と頭を下げると、目の前に座る大吾が感慨深そうに美花を見つめてきた。

「こうして対面できるなんてなぁ……」

「え？」

どういうことだろうか。美花の存在は、極道界隈ではある意味トップシークレットなはず。

だが、大吾の様子を見る限り、昔から美花を知っているように感じる。

何度か瞬きを繰り返していると、彼はフフッとおかしそうに笑って目尻に皺を寄せた。

「ところで、ウサギのぬいぐるみは健在かい？　君のお気に入りだったと聞いているけれど」

その通りだ。確かに美花の部屋にはウサギのぬいぐるみがある。幼い頃から大事にしているぬいぐるみだ。

生まれたばかりの頃に父の知人からいただいたものだと母には聞いているのだけど……。

はい、と頷くと、大吾はなぜか得意満面で父を見つめた。それを見た父は、面白くなさそうに顔を歪める。

「美花、あのウサギのぬいぐるみだが……。大吾さんが誕生祝いでくれたものだ」

初耳だ。美花が慌ててお礼を言うと、大吾は片眉を上げておどけて見せた。

「気に入ってもらえたようで、私も嬉しいよ。だけど、それが君の父親である豪には面白くないみたいでね。この話になると、すぐに拗ねる」

肩を震わせてクックッ笑いながら、彼は父を見つめる。そっぽを向く父を見て、ますます楽しそうに笑った。

「豪は、美花さんを溺愛しているからなぁ。美花さんに関することは、何でも一番じゃないと気が済まないらしい」

どうやら美花の出生については大吾も知っていて、時折父から写真を見せられては美花の成長を楽しみにしていたらしい。

父が、かなり大吾を信頼しているという証拠なのだろう。

そんな大吾だが、美花に一度会ってみたいと父に何度となく言ったらしいのだが、瞬殺で断られていたという。

「俺以外の男の目には触れさせたくはない！」と頑な態度を取っていたようだ。父らしいといえば、父らしい。

美花が思わず苦笑していると、襖の向こうから男性の声がした。

「大晟です。失礼します」

身体が一瞬にして硬直してしまう。

——この声、知っている……。それに今、なんて言った？

襖を開く音が、背後から聞こえる。だが、美花は振り返ることはできない。

膝に置いていた手に、知らず知らずのうちに力が入る。

視線を落とし、俯き加減のまま。左端に男性の足下が視界に映る。しかし、それ以上は顔を上げられない。

大吾の隣にその男性が座ったのがわかった。心臓が痛いほど高鳴っている。

どうして彼が、今この場にいるのだろうか。全く意味がわからず、頭の中が真っ白になってしまった。

初めて大吾を見たとき、笑顔が知り合いの誰かに似ていると不思議に思ったのだが、まさか――。

俯いたままの美花に、今しがたこの部屋にやって来た彼が声をかけてきた。

「美花ちゃん、久しぶり」

恐る恐る顔を上げると、大晟が唇に笑みを浮かべて座っている。

だが、目が笑っていない。彼が美花に対して怒っているのが伝わってきた。

この部屋にいる全員が、美花の発言を待っているのを肌で感じる。

喉の渇きを覚えながらも、掠れた声で挨拶をした。

「……こんばんは、大晟さん」

隣に座る父がその様子を見て、どこかホッとした様子だ。

「本当に美花と大晟くんは面識があるんだな」

「はい。美花ちゃんはよく店に来てくれる常連さんですから」

大晟は、朗らかな雰囲気で父と話し出す。

だが、美花としてはどうしてこんな状況になったのか、早く知りたくてソワソワしてしまう。

そんな美花を見て、「何も話さずに連れてきてしまったからな」と父が苦笑しながら教えてくれた。

美花の危機、そして紅葉谷組の動きをキャッチして父に伝えたのは、どうやら大晟だったようだ。

そして、仮の婚約者になる人物が大晟だと話さなかったのは、大晟たっての希望だったらしい。カフェのオーナーだと思っていた人物が、実は極道の家の者だったと聞いたらショックを与えるかもしれない。

だから、俺の名前は伏せておいてほしい。彼女に会ったときにきちんと説明をして理解してもらうから。そんなふうに彼は父に言ったようだ。

表面上は、とても気遣ってくれているように聞こえる。父もそう思ったはずだ。

しかし、あくまで表面上だ。これは、大晟が美花に逃げられないように仕掛けた罠だった。

冷や汗が背中を伝っていくのがわかった。

真正面から大晟の熱く鋭い視線を感じて、居たたまれなくなる。できれば、今すぐこの場から逃げ出したかった。

そんな美花の胸中など知らない大吾は、渋い顔をして腕組みをした。

「北尾が、紅葉谷と手を組もうとしているようだが。それを、こちらは阻止したい」

今回、この計画に乗ってくれたのは、秋雷会としても由々しき事態に追い込まれることを回避したいかららしい。

偽りの婚約劇が秋雷会側にもメリットがあるとわかって、少しだけホッとした。

もし清香が紅葉谷と手を組んだとすれば、勢力が大きくなり今まで保たれていた均衡が崩れる。

関東で幅を利かせている秋雷会としても、うかうかしてはいられない。

だからこそ、清香組と秋雷会が先手を打って手を結んだように見せるのは効果的なのだと言う。

大吾は、ニヤリと意味深に口角を上げて父に話を振る。

「うちとしては清香には、秋雷会の手を取ってもらいたいものだな」

「ハハハ。私が組長の間は紅葉谷と手を組むことは百パーセントないので心配ご無用です。今回のことで決断しました。うちはいずれ清香の直系ではないが、血縁関係にある幹部組員に組を委ねるつもりです。その後継者になる男にでも言ってください」

自分はいずれ清香のトップを去る。その後は、後継者次第だと言わんばかりである。

父の代で長年続いていた世襲制をやめようと決断したようだ。

そんな父に、大吾は肩を竦める。

「相変わらず手強いな、豪は」

「なんとでも」

どこ吹く風で素知らぬふりをする父を見たあと、大吾は美花を見つめてきた。

「実はね、美花さん。豪には前々から打診していたんだが……。美花さんにうちの長男、秋雷会の次期組長の嫁になってもらいたいと言っていたんだよ」

まさか、そんな話がされていたなんて。もちろん初耳なのは、父が美花にその話を一切してこなかったからだ。

ふと、大晟と視線が絡む。彼の顔が険しい。

あまりの怖さに驚いていると、大吾は自分の息子を見てニヤニヤしている。

大晟はますます顔を顰めた。だが、彼の父親は臆せずに続ける。

「うちの長男と美花さんを結婚させて、組を盛り立ててもらいたいと考えていたんだが……。結局は、ずっと豪にのらりくらりと躱され続けて、返事をもらえていない状況だったんだ。でも、まさか次男の大晟にお鉢が回ることになるとはなぁ」

「あくまで仮の婚約ですがね」

父が澄ました顔で、そう言い切った。

大吾はそんな父を見たあと大晟の顔を見て、ものすごく楽しそうにしている。

大晟は、これ以上揶揄《からか》われたくはないと思ったのだろう。大吾が話をするのを制止しようとした。

だが、それに怯む大吾ではないようだ。

腰を少し上げ、美花に内緒話をするように耳打ちをしてきた。

「私がこの機会にうちの長男を美花さんに紹介しようとしたのに、大晟がそれを必死になって阻止してきたんだよ」

「え？」

驚いて声を上げると、大晟が横やりを入れてくる。

「父さん」

低く怖い声で制止してくる大晟だが、大吾はそれを無視して続ける。

「豪も大晟の方がいいっていうから。今回は折れたんだけどねぇ」

この口ぶりでは、まだ長男と美花を引き合わせることを諦めていない様子だ。

すると、大晟は柔らかい表情で、大吾と対峙する。

「お言葉ですが、この件に関しては美花ちゃんの父親である清香組長も同意していますよ？　今更話を覆させませんからね」

笑顔で牽制をした。今の大晟は、まさにそれを極道の組長にやって見せている。

親子とはいえ、ブリザードが吹き荒れそうなほど恐ろしい雰囲気を醸し出している。

美花が一人怯えていると、隣に座っている父が豪快に笑い出した。

「大吾さん。私としては、なんとしても極道の世界に美花を近づけさせたくはない。その点、大晟くんなら安心だ。彼はすでにこの世界から足を洗い、組とは一線を引いているからね」

秋雷会からの熱烈な縁談を蹴り続けていたのに、今回仮とはいえ婚約を父が許したのは大晟が組での仕事をしていないからのようだ。

彼の経営している会社やお店は、秋雷会の家業には一切関わりがないらしい。

カフェ〝星の齢〟も、その一つなのだろうと納得する。

父は至極真面目な表情で、身を乗り出さんばかりに大晟を見つめた。

「大晟くん。君が今回北尾と紅葉谷組についての情報をくれたこと、そして美花を守ろうとしてくれることも感謝しているよ」

「……はい」

大晟の顔が引き攣る。それも仕方がないだろう。

父は感謝を口にしているが、その裏には「絶対に美花に手を出すなよ」と言わんばかりの空気を背負っているように見える。

果たして父は、どこまで美花と大晟の関係を知っているのだろうか。

一週間前、美花が懇願して処女を捧げた相手が大晟だと知ったら……。

父は笑顔で大晟と対面できるだろうか。

——絶対に、できるはずがない！

口を滑らせたら最後かもしれない。慌ててキュッと唇に力を入れた。

二人のやりとりを横目にしながら、大吾は腰を上げる。

「さぁ、豪。あとは大晟に任せればいい」

「……わかっていますよ」

父も渋々ながら立ち上がり、二人は部屋を出て行こうとする。

このまま二人に去られてしまったら、このあとの展開が怖すぎる。想像しただけで恐ろしい。

どうにかして父たちにいてもらおうとしたのだが、それは叶わなかった。

去り際、父は「美花の身の安全が最優先だ。大晟くん、本当に頼むよ」と言うと、大吾に引きずられて部屋を出て行ってしまった。

父としては、美花の身の安全のためとはいえ、男と二人きりにしたくはなかったはずだ。

しかし、そんな悠長なことを言っている場合ではないのだということもわかっている。

二つの気持ちで揺らめいているからこその、去り際の父の表情なのだろう。後ろ髪を引かれていますと言わんばかりだった。

襖が閉じられ、父たちに向かって救いを求めた腕は力なく空を切る。

今夜、秋雷会本家にやって来たのは、仮の婚約者との顔合わせのためだったはず。

しかし、父は言っていなかっただろうか。秋雷会に美花を匿ってもらう、と。それはすなわち……。

――じゃあ、私。もしかして大晟さんと一緒に暮らすことになるんじゃあ……。

八木沢の家は北尾に知られている。だからこそ、あの場から離れる必要があった。

そのため、こんなに早急に秋雷会にやって来る羽目になったのだが……。

まさか仮の婚約者兼、美花を匿ってくれる人物というのが大晟だったなんて。
背中にものすごく視線を感じる。だけど、どうしても振り返ることができない。
——誰か、助けて！
涙目になりながら、美花は呆然とするしかできなかった。

8

「美花ちゃん」

誰もいなくなってしまった和室の一室に、大晟の声が響く。

だが、彼の声に凄みを感じ、美花はどうしても振り返ることができない。父たちが出て行ってしまった襖を眺めるだけだ。

現在は極道の世界とは離れているとはいえ、まさか父の知り合いである極道一家、秋雷会の組長の次男が大晟だったなんて。

こんな事態になるとは、思いもしなかった。

気持ちが追いついていかなくて、身動きが取れない。

ただ、現在わかっているのは、大晟が極道一家の息子だったこと。

そして、今までずっと抱いていた杞憂は解消されたということだろうか。

彼は一般人だとばかり思っていたからこそ、忍ぶ恋を続けるべきだと想いを告げずにこの三年間を過ごしてきたのに。

まさか、彼も所謂関係者だったなんて思いもしなかった。

ただ、現在非常にマズイ事態にも陥っているのだと自覚はしている。

想いが通じたあと、彼は何度も美花に連絡を取ってくれていたのに、それをずっと当たり障りないメールを送信し続け、会うことを拒んでいた。

彼と会ってしまったら、間違いなく迷惑をかける。そう思っていたからこそ、何もできずにいたのに。

その上、この小一時間前に、美花は意を決して大晟に別れを告げるメールを送っている。それを大晟は見てしまったはずだ。

冷や汗が背中に伝っていくのがわかり、今もなお彼を振り返ることができない。

そんな美花に対し、彼は再び声をかけてくる。

「美花」

今度は呼び捨てだった。

あの夜、彼は初めて美花を呼び捨てで呼んだ。一気に距離が縮まったように感じられて、とても嬉しかった。

あの甘くて幸せで快楽的だった夜を思い出してしまい、頬が熱くなる。

未だに彼に背中を向けたままの美花に、さすがに痺れを切らしたのか。

衣擦れの音がして、大晟が立ち上がったのを知る。慌てて逃げようとして襖に手を伸ばした、その瞬間。その手を背後から掴まれてしまった。

「どこに行くつもりなのかな？　美花」

もう逃げられない。それを悟り、恐る恐る背後を振り返る。

そこには、すごく怖い顔をした大晟が立っていて、息を呑む。

「た、大晟……さ、ん」

ようやく出た声は掠れていた。

怒られても仕方がないことをしたのは重々承知している。彼が怒るのも当たり前だ。

だけど、こんな表情の彼を見るのは初めてで、胸が苦しい。

何か言わなくちゃ、そう思って再び開こうとしていた唇で驚きの声を上げてしまう。

「え？」

咄嗟に瞬きをする。

気がつけば大晟に押し倒されていたからだ。視界には、顔を歪めた大晟が映る。

先程までは怖いぐらい怒っていたのに、今はどこか悲しそうな目をしていて見ているこちらも胸が痛い。

ごめんなさい、そんな謝罪の声は、綺麗な形をした彼の唇に奪われてしまう。

「っふ……ぅ、……ぁ」

最初こそ、キスを拒もうとした。だけど、頑なになっていた心と身体はすぐに大晟に対して従順になる。

何度も吸い付くように唇を重ねられ、それだけで息が絶え絶えになった。

彼が貪るようなキスをし続けてきて、その情熱的で激しいキスにお手上げになる。

トントンと彼の肩を叩いて制止を促すと、ようやく彼はキスを止めてくれた。

大晟の綺麗な顔を至近距離で見つめながら、乱れてしまった呼吸を整える。

彼によって情欲に火を灯されてしまったようだ。身体が思うように動かない。

キスでトロトロに蕩かされた身体は動くことを拒否していて、熱を持った目で彼を見つめるしかできずにいる。

着物の裾がずり上がり、足が露わになってしまった。

彼はその足に触れながら、誘惑するような甘い声で誘う。

「俺はね、優しいだけの男じゃないんだよ、美花。――ねぇ、俺のモノだって実感したいから、もっとキスしていい？」

「ま、待って……ぁ」

美花の制止の声を聞かず、大晟は再びキスを仕掛けてくる。

どれぐらい唇を重ね続けていただろうか。

ようやくいつもの大晟らしい表情が戻ってきて安堵した。

「ごめん、美花。息苦しかった？」

「は、はい……」

美花はコクコクと頷きながら、ふと思い至る。着崩れないように、と母がかなり帯をキツめに締めていたことを。

呼吸がしづらかったのは、それも原因の一つだろう。

正直に彼へと伝えると、ホッとした様子を見せてきた。

「じゃあ、帯を外せばいいね」

「え？」

まさかそんな考えに至るなどと思わなかったので、気の抜けた声が出る。

帯の締め付けも問題の一つではあるけれど、元々は彼の貪るようなキスが原因だ。

このまま着物のせいにされて、再びあんな淫らなキスを仕掛けられても困ってしまう。

慌てて「キスに慣れていないんです！」と羞恥心を抑えながら伝えると、大晟は身体を起こしながら妖しくほほ笑んだ。

その笑みの意味がわからず小首を傾げていると、ふいに彼は美花を抱き上げた。

最初こそ突然のことで頭が回らなかったが、彼が和室を出たときに自分の身の危うさに気がついた。

「大晟さん⁉」

ギョッとして彼を見上げる。美花を抱き上げている彼は笑みを浮かべたままだが、その目からは何の感情も読み取れず凍り付いてしまう。

何も言えず、そして抵抗もできず。美花は彼に横抱きにされたまま、大きなお屋敷内を進んでいく。

途中、先程出迎えてくれた若頭の側近だという男性がいて、大晟は「部屋に誰も近づかせないで」とだけ伝えて階段を上った。

和風の豪華旅館のような秋雷会本家。だが、その二階は一気に雰囲気が変わって洋風な造りになっていた。

廊下の突き当たりまで来ると、奥まった場所にある部屋へと入る。中は、とても暗い。

「ここは俺の部屋。今はほとんど使っていないけど、ずっと残してくれている」

彼の声は、とても落ち着いている。だが、逆にそれが怖く感じた。

「俺は極道が嫌いだ。だからこの家を出て、常には組との関わりを絶っている。それなのに、こうしてここにいるのはどうしてだと思う？」

「え？」

「君を愛しているから。誰にも美花を渡したくなかったからだ」

彼は美花を抱き上げたまま、部屋の奥へと進んでいく。

廊下から漏れる明かりで、かろうじて部屋の中が見える。

そこに大きなベッドがあるのが見えて、ドキッと心臓が高鳴った。

彼と初めて身体を重ねた夜を思い出してしまう。

その微かな反応を、大晟は見逃さなかった。フフッと楽しげに笑いながら、ベッドを前にして美花を下ろす。

彼は一度美花から離れると間接照明の明かりをつけ、開け放たれていたドアを閉めた。

ベッドに寝かされ、めくるめく大人な世界が繰り広げられるのだろうと確信していた美花としては呆気に取られる。

そんな感情など、大晟は手に取るようにわかっているのだろう。肩を震わせて笑いながら、こちらに戻ってきて美花を抱きしめてくる。

「なに？　美花。俺に抱かれるとでも思った？　それとも、あの夜を思い出した？」

言葉を詰まらせてしまう。両方だなんてとても言えない。

頬を赤らめていると、彼は腕の中から美花を解放した。

もう二度と味わうことはないと思っていた、彼のぬくもり。

それが離れて寂しく思っていたのだが、すぐにそんな感傷めいた気持ちなど吹っ飛んだ。

「ちょ、ちょっと！　大晟さん？」

「ん？」

「何をしているんですか⁉」

大晟は腰を曲げて中腰になり、帯留めを緩め始めていたからだ。

止める間もなく、手慣れた手つきで帯をスルスルと解いていく。

彼の手を掴み、慌てて首を横に振る。

「ダメです、大晟さん。帯を解いてしまったら、私では着付けができません」

必死の形相で言い募る美花に対し、大晟は穏やかな様子だ。

「帯が苦しかったんだろう？　解いた方がいいと思うけど？」

「いや、あの……それは、そうなんですけど」

帯が苦しかったのはもちろんだが、大晟が押し倒してキスをしてこなければ、あんなふうに息苦しくなることはなかった。

そう伝えるのに、彼の手はいつの間にか美花の制止を振り切って帯をすべて解いてしまう。

それだけに止まらず着物まで脱がされ、気がついたときには長襦袢姿になってしまっていた。

「もう！　大晟さんのバカっ！　誰かに着付けてもらわなくちゃ、この部屋から出ることなんてできないじゃないですか！」

最初は穏やかな表情を浮かべていた大晟だったが、美花が抗議をするとその表情は一変。急に真顔になった。

「そうだよ」

「え？」

「この部屋から二度と出したくないから、脱がせたんだ」

「大晟さん？」

にじり寄ってくる彼から少しずつ逃げようと後ずさりしていると、ベッドにぶつかって寝転がってしまった。

起き上がろうとする美花を、大晟はその大きな身体を使って阻止してくる。

「美花」

息を呑む。彼が真剣な表情で見つめてくるものだから、何も言えなくなった。

彼は押し黙った美花の髪に手で触れ、結い上げていた髪を解きながら優しく睨《ね》めつける。

「あの夜、美花が俺の元に飛び込んできてくれて嬉しかった」

「大晟さん？」

「絶対に手を出してはいけない、大事な大事な人。そんなふうに思っていたのに、君の方から飛び込んできたんだ。あのときは、ものすごく嬉しかった」

大晟は長襦袢にも手をかけ始め、だんだんと美花の身体の締め付けがなくなっていく。

身体は解放感に満ち始めているが、心臓が否応もなしに高鳴ってしまう。

肌が曝け出され、それを彼は舐めるように見下ろしてくる。

「もっと美花に愛を囁きたかったのに、君はつれなくてね」

「えっと、あの……」

何か言い訳を、そう思うのに適切な言葉が浮かんでこない。

彼に頬をひと撫でされ、より心臓が大きく脈打った。

「電話もメールもそっけないし、挙げ句の果てには別れのメールを送ってくるしね。いけない子だな」

「は、話を——」

これまでのことを彼に説明すれば、納得してくれるはず。

そう思って話し合いを要求するのだけど、彼は首を緩く横に振って拒否する。

「あんなメール一つで、俺が君を諦められるとでも思ったの？」

「大晟さん……」

「甘いよ、美花。もう離さないって言っただろう？」

大晟はそう言うと、美花の首筋に唇を押しつけた。

「っあ……ん」

チュッとキツく吸い付かれ、ピリリとした痛みと甘さを感じた。

「安心して、美花。どうしても着物を着たいってことになったら、うちの家政婦さんに頼めばいいから」

安心なんてできるわけがない。そう言いたいのに、美花は何も言えなかった。

思わず甲高い啼き声が零れてしまうほどの快楽を与えられたからだ。

それはあの夜、大晟によって教えこまれたものと同じで、身体が愛しい彼を覚えていた。

忘れようとした自分が浅はかだったのだと後悔しながら、彼からの愛撫に溺れる。

彼の唇によって、赤い斑点があちこちにできていく。首筋、胸元、二の腕……。

そんなにつけたら、身体中が彼の所有印ばかりになってしまう。

何度も止めようとするのだけど、彼は絶対に動きを止めなかった。この恋を忘れようとした美花に対して、罰を与えるように。

和装下着はすでに剥ぎ取られ、生まれたままの姿で絶え間なく愛撫を施される。

彼の綺麗な指が胸を鷲掴みにしてきた。指が食い込むほど揉まれ、熱を与えられ続ける。

彼はそれでは足りないとむしゃぶりつくように胸の頂を口に含み、舌で転がしてきた。

「あぁ……っふぁ……！」

片方の胸は舌でかわいがられ、もう片方は指で頂を摘まれる。

グリグリと容赦なく刺激を与えられ、涙目になりながら啼き声を上げ続けた。

彼は、咥えていた頂にゆるく歯を立てる。

決して痛くはない。だけど、強い刺激に身体をそらせた。

ビクンと身体を震わせると、美花に見せつけるように真っ赤な舌で頂を捏ねくり回してくる。

その淫靡な様子を目の当たりにしてしまい、恥ずかしくて堪らなくなった。

視線をそらそうとすると、それを拒むように頂を指で摘まんで擦り合わせてくる。

唇と舌では味わえない快感を与えられ、引っ切りなしに喘いでしまう。

「ダメだよ、美花。俺に何をされているのか、目をそらさずに見ていて」

「む、無理ぃ……っ」

首を小刻みに横に振るのだけど、彼は許してはくれない。

「ほら、見て？　俺の手で美花の身体が喜んでいる」

硬くなり天に向かってそそり立つ胸の頂を指で弾きながら、そんな意地悪なことを言ってくる。

胸だけで達してしまいそうなほど彼に弄られて、顎をそらせ快感を逃そうと必死だ。

いつの間にか彼の身体は下へと移動していき、今度は下腹部に唇を寄せてきた。

チュッとかわいらしい音を立てながらキスをしたあと、彼は見上げるようにこちらに視線を向けてくる。

「ねぇ、美花。あの夜、この奥に俺が入ったのを覚えている？」

「っ！」

「忘れていない？」

大きな手が下腹部を撫でてくる。彼の熱がお腹の奥に伝わってきて、否応もなしにあの日のことを思い出してしまう。

痛くて熱くて、それでいて言い様もない快楽とともに彼が入ってきたのを身体は今も覚えている。

彼の熱塊が再び体内に入ってくるのを期待しているとばかりに、下腹部が震えるのを感じた。

「ねぇ？　美花。覚えている？」

返事をしない限り、決定的な刺激は与えないよと彼の目が語っている。

何度問われても何も言わないでいると、今度は手で撫でるのではなく舌で舐め始めた。

情欲をかき立てられるような、淫らな動き。ゾクゾクと背筋を甘い官能が走り抜けていき、背中を仰け反らせた。

ハァハァと呼吸を乱していると、彼は茂みの辺りを舌で舐めながらこちらを見上げてくる。

「ほら、早く教えて」と目で訴えかけられて降参した。

コクンと戸惑いながら頷いたのに、それでは満足しないらしい。

右手で茂みを分け入り、親指と中指を使って広げてきた。その瞬間、クチュッという蜜音が聞こえてきて頬が熱くなる。

すでに彼を受け入れる準備が整えられているのを感じて、恥ずかしさのあまり腕で顔を覆った。

すると、彼は指で開いたその秘めたる場所に息を吹きかける。

少しの刺激でも敏感に感じ取るその場所からは、コポリと蜜が垂れてくるのがわかった。

息を吹きかけられただけで、この有様だ。もし、彼の指が触れてきたら……。

想像するだけで、美花の身体の奥が熱くなった。

「ねぇ、美花。まだ、答えてもらっていない」

「大晟さん……っ」

「早く、教えて？」

何度も蜜芽に息を吹きかけられる。そのたびに、身体はもっと強い刺激を求めていた。

もし、彼の舌がこの場所に触れたとしたら、どれほどの快楽を味わえるのだろう。

そんな想像をしていると、待ちきれない様子で彼が指に蜜を纏わせ始めた。

クチュッと淫らな蜜音が立ち、同時に待てをずっとされて我慢させられていた下腹部が期待に震えてしまう。

もう限界だった。身体は早く彼の熱が欲しくて我慢できない。

腕で顔を覆ったまま、羞恥に身を焦がしながら小さく呟いた。

「……覚えている」

「なぁに？　聞こえないよ？」

本当に意地悪だ。でも、彼にしてみたらこれは勝手に別れを告げた美花へのお仕置きなのだろう。

悪いのは、美花だ。彼が怒って、罰を与えてきても仕方がない。

わかっているけれど、こんなに焦らされたらどうにかなってしまいそうだ。

お願いだから、許してほしい。

気がついたら顔を覆っていた腕を外し、彼に懇願していた。

「覚えている……っ！　大晟さんが私のナカに入ったの。すごく幸せだったの！」

叫ぶように感情を爆発させると、彼のその魅惑的な唇が弧を描いた。

「よくできました」

優しい口調で言いながらも、彼の表情は蠱惑《こわく》的だ。

セクシーなその表情に見惚れていると、彼が花芽を唇で吸った。

「あああっ！」

あまりの快楽に腰が上がり、太ももが震える。痙攣をするように腰が揺れたあと、脱力してベッドに身体が沈む。

だが、すぐに大晟によって膝を掴まれ、大きく広げられてしまった。

止めたくても、先程与えられた甘美な刺激で力が入らない。なされるがまま、足を大きく開く羽目になってしまった。

腰を高く上げられ、今もなお、蜜が滴っている場所に視線を感じる。

熱い眼差しを向けられているのを肌で感じて、身をよじってそれを阻止しようとした。しかし――。

「はぁ……あぁぁ！　ダメェ……ッ！」

彼は再び茂みに顔を近づけ、舌で分け入りながら花芽を嬲《なぶ》り始めた。

真っ赤に腫れ上がっているであろう花芽を舌で転がし、舐め上げてくる。

時折唇で挟まれ、頭がおかしくなってしまいそうなほど、快楽を植え付けられて高みへと押し上げられていくのがわかる。

「あああっ……っ！」

最後は、声にならない声を上げながら達してしまった。

ダラリと下半身から力が抜けていき、ベッドに寝転がる美花を大晟が淫靡な目で見つめてくる。

その視線に肌が触れると、発火したように熱くなった。

身を丸めて彼の視線から逃げていると、ベッドが揺れる。大晟が再び近づいてきたのがわかった。

ゆっくりと彼を見上げて、顔が一気に熱くなる。

彼がトラウザーズの前を寛がせると、はち切れんばかりの熱塊が天を向いて飛び出した。そこにコンドームをつけ始める。

太く長いそれを見て、あの夜自身の胎に入ったのはこれなのかと凝視してしまう。

美花の視線に気がついたのだろう。彼は微笑を湛えたまま、覆い被さってくる。

チュッとこめかみ辺りにキスをしたあと、ギュッと抱きしめてきた。

先程までの意地悪な空気感は全くなく、いつもの穏やかな彼がいる。そのことにホッとした。

「美花。もう、何も心配しなくていいから」

「大晟さん？」

「美花は俺のそばに一生いればいいんだよ」

「え？」

抱擁していた腕を解き、彼は体勢を起こす。美花を見下ろす彼の表情は慈愛に満ちていた。

そんな彼を見ていたら、なんだか心にのし掛かっていた重しが取り除かれたように感じる。

ホッとしすぎて泣いてしまいそうだ。

目に熱が集まっているのを感じながら大晟を見上げると、彼は腰を屈めて美花の内ももに頬ずりをした。

「お互いのことを思いやりすぎたのかもしれないな」

「大晟さん」

「俺も美花も、極道の世界に相手を関わらせたくないと思って、ずっと感情に蓋をしていた。そうだろう？」

その通りだ。美花が素直に頷くと、彼は柔らかくほほ笑む。

「もう、何も考えなくていい。俺が絶対に美花を守ってみせるよ」

「大晟さん」

涙声で彼の名前を呼ぶと、大晟は優しい眼差しを向けてきた。

「愛している」

知らぬうちに美花の頬に涙の滴が伝っていく。自分も気持ちを伝えたくて口を開こうとするのだけど、嗚咽ばかりでなかなか言葉にならない。

「私も愛している」とポロポロと涙が絶えず溢れ出る目で伝えながら、彼に両手を伸ばした。

「きて……、大晟さん」

もう二度と、彼の熱を感じることはないのだと諦めていた。だけど、諦めなくてもいい。

美花自らが、彼を欲している。そのことを大晟に伝えたくて、精一杯手を伸ばした。

「美花、いくよ」

両膝に手をかけて足を広げると、そこに彼は身体を沈ませる。そして、美花に覆い被さりながら、腰を進めた。

ゆっくりとナカを押し開けるように、彼のいきり立った熱塊が入ってくる。

身体は覚えていて、彼が入ってくるのを喜んでいるようだ。たっぷりの蜜が、彼の侵入を促してくる。

ググッと腰を押しつけられると、最奥に彼が入り込んできたのを感じた。その刺激の強さに、思わず甘い声を上げてしまう。

美花のナカが、彼をキュッと締め付けているのがわかる。離したくないと身体が、心が叫んでいる。

搾り取るような動きをした美花の下腹部。そこに自身の熱塊をねじ込んでいた彼にとっては、強烈な刺激だったのだろう。

強すぎる快感を我慢するように目を閉じる。微かに吐息が漏れ、恍惚とした表情になった。

ゆっくりとその瞼が開いたとき、その瞳の奥に獰猛な獣を見た気がした。

ドキッと期待に胸が高鳴ると同時に、彼は腰をより密着させてくる。

これ以上は入らないと思っていたのに、深く押し入ってきた。

目の前に火花が白く弾けるような刺激が襲ってきて、堪らなくなって身体をそらせる。

「美花、美花……っ！」

美花が小さく達したあと、彼は快楽を貪るように熱塊を出し入れしてきた。

蜜音と身体がぶつかる音が響く。

彼が動くたびに玉のような汗が飛び散り、それが美花の身体に落ちる。そんな些細な刺激でさえも、今の美花には強烈な愛撫をされているように感じてしまう。

「あぁ……ン、はぁ……ァ」

初めての夜とは比べものにならないほど引っ切りなしに身体が反応し、何度もナカにいる彼を締め付けていく。

彼の熱が欲しい。そう言わんばかりに蜜路は彼を離さない。

「ダメ……、もぅ……ダメッ！」

「もっと、もっとだ……！」

より腰の動きが速まり、身体がフワフワと浮き上がるような感覚を覚える。

耐えきれない快楽。それなのに、もっと欲しいと懇願する身体。

彼の腰に足を巻き付け、もっと深いところに来てほしいと誘ってしまう。

奥の奥を刺激するように彼の腰が身体に押しつけられた、その瞬間――。

「あぁぁ……っ……!!」

「っはぁ」

お互いの身体が小刻みに震え、快楽の頂点へと辿り着いたことを知らせた。

体内にいる彼がドクドクッと薄膜越しに精を放ったのを感じて、嬉しくて涙が一粒零れ落ちた。

9

「大晟さん、離してくださいっ」

「……」

美花の背後からギュッと抱きついて寝ている彼に声をかけるのだけど、ビクともしない。すぅすぅと気持ちよさそうな寝息が聞こえてくるだけだ。どうやら今朝も彼が起きるまでは、このままの状態なのだろう。

ここは、カフェ〝星の齢〟からほど近い高層マンション。そこにある大晟名義の一室に、美花はあの日以降身を寄せていた。

てっきりカフェの二階が大晟の住まいだと思っていたのだが、今はあまり使用しておらず、このマンションで暮らしているらしい。

ラグジュアリーなマンションに初めて訪れたときは、緊張でドキドキしてしまったほど。

もちろん大晟の部屋も広く綺麗で、モデルルームにいるような感覚になった。

表向きは縁談をしたと見せかけるために急遽秋雷会へと行くことになった、あの夜。

そこには別れを告げた張本人、大晟がいた。

蓋を開けば、彼も極道の血筋だとわかって拍子抜けしてしまった。

彼と出会ってから、この三年。お互い恋心を抱きながらも自分の出自を顧みて、想いを告げられずにいた。

あのあと、美花が極道一家の血筋だとわかったのはいつだったのかを大晟に聞いたのだが、彼もつい最近まで知らなかったらしい。

大晟は一般人である美花に手を出してはいけないと自らに言い聞かせていた手前、美花のことを必要以上に知り得ないよう心がけていたという。

そんな彼が美花の素性を知ったのは、二人の想いが叶ったあの夜の数日前だったようだ。

美花が告白をしたときには、彼はもう美花が清香組の組長の娘だと知っていたらしい。

それならそのときにでも教えてくれれば、こんな回りくどいまねをしなくて済んだのに。

そう大晟に言ったら「言おうとしていたのに、逃げ回っていたのは誰？」と恨みがましく言われてしまった。

はい、私ですと力なく降参したのは言うまでもない。

ようやく大晟の素性を知り、この恋を諦めなくてもいいのだと歓喜に震えた、あの夜。

秋雷会本家にある大晟の部屋へと連れ込まれてしまい、一夜を共にすることに。

幸せな一夜だったが、朝日が窓から差し込んできたときに慌ててしまった。

脱ぎ散らかされた着物を見たからだ。

「着るものがないです……」と美花が青ざめながら訴えたところ、大晟の私服を手渡された。

誤って小さめのサイズを買ってしまい、一度も袖を通していなかったらしい。

それでも美花にとっては大きめではあったのだけど、オーバーサイズっぽく着ることができたのでよかった。

脱いだ着物は、菊見《きくみ》という家政婦がクリーニングをしておいてくれると快く言ってくれたので甘えることにした。

そうして無事、秋雷会本家を出て大晟のマンションに向かえたのだ。

表向きは婚約者となり、大晟のマンションで暮らすようになって三日が経過したのだけど……。

毎日甘い時間を過ごしすぎていて、心臓がいくつあっても足りないほどだ。

こうして眠っているときも、美花の鼓動を忙しなくさせている大晟は、なかなかに罪作りな男である。

腰には彼の腕が巻き付けられていて、耳元では健やかな寝息の音が今も聞こえてくる。

ベッドサイドにある置き時計に視線を向けると、現在朝八時。そろそろ起きて朝食を作りたいところなのだけど、彼は一向に起きる気配がない。小さくため息をつく。

とはいえ、現在の美花には急ぐ理由はなく、慌てて起きる必要はない。仕事をお休みしているからだ。

北尾の行方がわからない今、一人で仕事に出かけるのは危険すぎると言われてしまい、家庭の事情を理由に有休を取ることにした。

しかし、あまり長い期間休むようになれば、退職も視野に入れなくてはいけなくなる。

就職難で企業からなかなか内定がもらえなかったところ、現在の勤務先であるゲームアプリ企業〝ATarayo〟だけが美花に救いの手を差し伸べてくれた。その恩は忘れていない。

だからこそ辞めたくはないと思っているのだけど、いつこの問題から解放されるかはわからない。

今後を考えれば考えるほど不安になってしまうけれど、こうして大晟と一緒にいられることは幸せだ。

それも、両想いであり、婚約者として彼の隣に立てる。

頬が緩んで幸せに浸っていると、うなじに唇の感触がする。チュッと音を立てながら、何度も触れてきた。

「あぁ……っ」

甘い声が出てしまう。咄嗟に手で口を押さえると、いつの間にか大晟に組み敷かれていた。

「おはよう、美花」

「……大晟さん、実はずっと起きていたんじゃありませんか？」

「ん？　何のことかな？」

白々しくそんなふうに言いながら、直視するのは難しいほどの美麗な笑顔を浮かべている。

おそらく美花の予想通りで、彼は少し前から起きていて寝たふりをしていたのだろう。

美花が頬を膨らませていると、彼はその頬を指でツンツンと突いた。

「そんなかわいい顔をしていると、朝から食べちゃうけど。いい？」

いいわけがない。昨夜どれほど彼に抱き潰されたと思っているのか、この人は。

ブンブンと首を激しく横に振ると「残念」と肩を竦めて抱き起こしてくれた。

「寝起きから美花の顔を見ることができるなんて。幸せ」

「……それ、毎日言っていますよ？」

恥ずかしくなって、かわいくない言い方をしてしまう。

彼には言えないけれど、実は自分も同じ気持ちだ。事情があるとはいえ、こうして好きな人と一緒に暮らせるなんて、少し前までは考えられなかった。

それこそ数日前までは、もう二度と会えない。この恋は封印しなくてはならない。そんなふうに思っていたのだ。

どん底から這い上がった幸せに、浮かれるのは仕方がないだろう。

美花のその発言が照れ隠しだとわかっている大晟は、クスクスと笑いながらベッドから下りる。

その瞬間、彼の綺麗な裸体を見てしまい慌てて視線をそらすと、再び笑われてしまった。

シーツを引っ張り上げて真っ赤になった顔を隠していると、Tシャツとスウェットを着た大晟がベッドに腰掛けて美花の髪をもてあそんでくる。

「んー、今日はどんな服にする？　美花は何を着てもかわいいから、迷っちゃうな」

現在、生活に必要なものはすべてこのマンションに揃っている。

この作戦に踏み切る前に、大晟がすでに何もかもを用意してくれていたからだ。

もちろん服も何着も用意してくれていて、彼は毎日美花の洋服を選んで着せることを楽しみにしている。

今日も彼がコーディネートしてくれるつもりなのだろう。だけど……。

「えっと、あの……」

朝から激甘な彼に、未だに耐性ができずにいる。大晟の言葉にますます真っ赤になると、彼はフッと楽しげに笑う。

「そうだ。今日は美花のものを買おうか」

「え？」

彼が用意してくれていたので、服はもちろん、日用雑貨や化粧品などは使い切れないほどある。

現在、何も買う必要はないし、そもそも北尾対策の体制が盤石になるまでは外出禁止令が出ている。

現実的には、外に買い物など行けない状況だ。そのことに大晟が気がつけば、この話も流れるだろう。

そう思っていたのだが、美花の考えはとても甘かったのだと数時間後に気がつくことになる。

朝食を作って二人で食べたあと、大晟は自室で仕事をするというので、美花は掃除や洗濯をして過ごしていた。

すると、インターホンが鳴る。ディスプレイで来客を確認すると、五十代ぐらいの女性が立っていた。

大晟の知り合いかもしれないと思って、彼を呼びに行く。

彼はインターホンのディスプレイを確認したあと、「どうぞ上がってきてください」と言ってオートロックを解除した。

数分後、その女性はたくさんの荷物と人を連れて部屋に入ってきたのだ。

「いつもありがとうございます、佐宗様。ご用命いただきました品々をお持ちいたしました」

そう言いながら女性は洋服や下着、靴、鞄、アクセサリーなどをところ狭しと置き始める。それも、すべて女性物だ。

「今日は俺の婚約者、美花に色々とプレゼントしたくてね」

「ご婚約されたのですね。おめでとうございます」

「ええ。でも、まだ周りには内緒でね」

「畏まりました。もちろんでございます」

その女性は恭しく頷いたあと、美花に名刺を差し出してきた。

「美花様。このたびは、ご婚約おめでとうございます」

その名刺を見て驚きが隠せなかった。大手有名デパートの外商部と書かれてあったからだ。

まさか外商部の人間がやって来て、買い物をすることになるとは想像もしていなかった。

だが、大晟はよく利用しているようで、お得意様といった扱いをされている。

固まったままの美花をよそに、大晟は真剣な様子で服を選び始めた。

気がついたときには、いくつもの商品が山積みされていてめまいがしそうになる。

外商部の人間がいる前で、大晟を非難できない。彼のメンツを潰してしまうし、外商部の人たちも仕事でやって来ているのだ。いらないなどと言えるはずもない。

さりげなく遠慮し続ける美花を見かねて、大晟がチョイスしたものを買うことになってしまった。

彼女らが帰ったのを確認してようやく抗議をしようとしたが、大晟はものすごく嬉しそうな表情で美花を見つめてくる。

「最後に選んだワンピース、美花にとてもよく似合っていたよ。早くあのワンピースを着た美花とデートしたいな」

「っ！」

純粋に喜ばれてしまい、こちらの毒気が抜かれてしまった。美花はふぅと心の中でため息を零したあと、顔を上げる。

こういう場合は抗議するより、喜びを伝えた方がいい。そう思って、彼に笑顔を向けた。

「ありがとう、大晟さん。私も大晟さんとデートしたいです」

「美花！」

感激して目をキラキラさせた彼は美花に抱きつこうとするが、少しだけ釘を刺しておく。

「でも、散財は感心しませんっ！　今後は、ほどほどでお願いします」

「わかっているよ、美花」

そう言って美花を腕の中に閉じ込めた大晟だったが、どこまでわかっているのか疑問だ。

今後は前もって注意しなくちゃ、と考えていると、ようやく彼の腕から解放された。

リビングに山となっている服などをクローゼットに入れなくちゃと考えていると、大晟が頭にポンポンと優しく触れてくる。

「美花、来週から会社に行ってもいいよ」

「本当ですか!?」

もっと長引くかと思っていたが、予想に反して早めに許可が出た。

清香組と秋雷会でずっと北尾の行方を探していたようだが、ようやく居場所を突き止めたという。

喜び勇んでいる美花に「ただし！」と大晟は条件をつけてきた。その内容を聞いて、不満をこぼす。

「大晟さんの秘書の方に送り迎えをしてもらう……ですか？　さすがに毎日お願いするのは気が引けますよ」

彼には秘書が二人いるという。一人は、毎日大晟のそばにいて業務をこなす男性。そして、もう一人は内々の作業などをこなす私設秘書がいるらしい。

その私設秘書ならば経営会社に同行させないので、顔が割れることがないからうってつけの人材だそうだ。

どうして顔が割れることがない人物の方がいいのかという疑問を抱いたが、今はそこが問題ではない。

彼の提案に遠慮を見せた美花だったが、この条件を呑まない限りは出社を許可できないと強く言われてしまった。

本当はまだ美花を外に出したくないというのが本音のようだが、彼は美花の気持ちを汲んでくれた。

　仕事には、どうしても行きたい。条件を呑むしか方法はないだろう。

　なんだか彼の態度に引っかかりを覚えながらも渋々とその条件を受け入れ、迎えた久しぶりの出社当日。大晟も経営会社に出社するらしく、彼と常に一緒にいるという秘書が運転する車に乗り込んで出て行った。

　美花に付き合ってリモートワークに切り替えてくれていたので、彼も久しぶりの出社になるのだろうと思うと、申し訳ない気持ちになる。

　彼はいくつもの会社を経営していると聞いているが、そのうちのどれかに顔を出すのだろうとばかり思っていた。しかし――。

「えっと……？　大晟さん？」

　美花を乗せた車は、ATarayoが入っているオフィスビル手前で停まる。

　お礼を言って降りると、なぜだか大晟の姿をビル前で見かけたのだ。

　そして、オフィスビルの中へと入ろうとしている。

「え？　え？」

　戸惑いながら追いかけると、彼はジャケットのポケットから入館証を取り出し、なんなくセキュリティを通過してしまった。

驚きながらも、大晟と共にエレベーターに乗り込む。

エレベーターには他の乗客もいたため、声をかけられず戸惑いだけが大きくなっていく。

ATarayoのオフィスがある二十五階に到着し、大晟は美花と一緒にエレベーターを降りる。ますます意味がわからない。

首を傾げている美花を見て大晟は少しだけほほ笑んだあと、何も言わずにATarayoのCEO室へと入っていく。

呆然とその姿をオフィスに入らずに見送っていると、部長が声をかけてきた。

「おはよう、八木沢さん。ご家族は大丈夫だったかい？」

「あ、部長。おはようございます。おかげさまで落ち着きました。急にお休みをいただいてしまってすみませんでした」

深々と頭を下げたあと、ずっと脳裏に渦巻いていた疑問を部長に聞いてみた。

「さっき、CEO室に若い男性が入っていきましたよね。あの方って……」

美花の疑問に気がついたのだろう。部長は、朗らかな笑みを浮かべる。

「ああ、あの人は今回CEO兼代表取締役になった人だよ」

「え⁉」

「前CEOの友人らしいよ。元々、彼がうちの会社に出資してくれたり、相談役として陰で尽くしてくれていたらしいんだけど、ついに前CEOが席を明け渡したんだ。君が休んでいる間に発表になったんだよ」

呆然としている美花に部長は「今日は無理しないように、ボチボチ仕事してくれよ」とだけ言うと立ち去っていった。

「大晟さんが、ATarayoの代表取締役に……？」

休みに入る前から今日までゴタゴタしていたので、社内報などを確認していなかったことを思い出す。

――もう！　大晟さん、教えてくれてもいいのに。

帰ったら問い詰めようと決め、久しぶりの仕事に精を出し始める。

だが、やっぱりこのオフィスに、それもこんなに近くに大晟がいるかと思うと気もそぞろになってしまう。

なんとか午前中の仕事を終え、スマホを確認すると大晟からメールが来ていた。

『約束、きちんと守ってお昼に行ってね』という文面だ。

出社するにあたり、彼には耳にタコができるほど「一人では絶対に行動しないで」と言われている。

お昼は社外に行くのはやめて、ビル内のカフェテリアを利用するようにと言われているのだ。

了解です、とメールを送ったあと、先輩たちと一緒にカフェテリアへ。

本日の日替わりAランチをトレーに載せてテーブルに着くと、話題は新CEOである大晟の話になった。

「新CEO見た？　めちゃくちゃイケメンだったよね！」

「うんうん。新CEO、結婚しているのかな？　していないのなら、立候補したいなぁ」

「あ！　私も、私も！」

キャアキャア言い合っている先輩たちに愛想笑いをしながらも、心中穏やかではいられない。

——大晟さんは、私の恋人なんですっ！

そんなふうに宣言できたら、どれほどいいだろうか。だけど、それができないのは自分に自信がないからだ。

先輩たちみたいに大人で綺麗な女性ならば、胸を張れるのかもしれないけど……。

そこでハッとする。ようやく大晟が言っていた言葉の意味がわかった気がした。

私設秘書なら顔が割れることがないから、送り迎えをするのにうってつけだと言っていたことだ。

もし、常に大晟と一緒にいる秘書が運転する車に美花が乗り込めば、周りは「どうしてCEOの秘書と一緒なの？」と疑いの目を向けるだろう。

そのことを危惧して、あえて顔が割れることがないであろう人材を選んだのだ。

大晟は、女性からの秋波をよく浴びていることに気がついているのだろう。だからこそ、送り迎えをする人材にも気を配ったのかもしれない。

きっと美花のことを案じてくれたのだ。

大晟の優しさを噛みしめながらAランチを綺麗に平らげたあと、先輩たちと別れてオフィスへと向かおうする。

すると、スマホが震えてメールの着信を知らせる。大晟からだ。

『今日の仕事終わり、秋雷会本家へ行ってくれる？　俺も、あとで行くから』

マンションには戻らず、大晟の私設秘書が運転する車で秋雷会本家に行ってほしいということなのか。

不思議に思っていると、またすぐにメールが送られてくる。

なんでも大晟の兄である秋雷会若頭が、美花に挨拶をしたいと言っているという。

今後のことも話し合いたいから是非来てほしいと連絡があったようだ。

『わかりました』

と返信したあと、足早にオフィスへと向かう。

――残業なんてしていられない！

彼の秘書に迷惑をかけるわけにもいかないし、大晟の兄を待たせられないだろう。

よしっ、と気合いを入れたあと、早急に仕事に取り組んだ。

「ようこそ、お越しくださいました。さぁ、こちらにどうぞ」

私設秘書に車で秋雷会まで送ってもらうと、以前この屋敷にやって来たときに案内をしてくれた若頭の側近の男性が美花を出迎えてくれた。

広い和室に通されると、その男性は申し訳なさそうに言う。

「若頭がまだ戻っておりません。しばらく、ここでお待ちいただけますか？」

「わかりました」

少々緊張しながら美花が座っていると、その男性と入れ替わりに家政婦の女性がお茶とケーキを持ってきてくれた。

以前、着物のクリーニングを快く引き受けてくれた、菊見という女性だ。

その節はありがとうございました、と美花がお礼を言うと、彼女は「いいえ」と朗らかな笑みを浮かべた。

お茶を出し終えた彼女は部屋を立ち去ろうとしたが、それを引き留める。お手洗いの場所を教えてもらいたかったからだ。

丁寧に教えてもらい、彼女とは逆方向へと足を向けた。

この秋雷会本家に来たのは、二度目だ。前回は、父もいたから心強かった。

あとから大晟が来ることはわかっているが、今は一人きりだ。緊張してしまう。

美花はお手洗いを済ませ、最初に通してもらった和室へと戻ろうとすると、中庭から声が聞こえてくる。

あまり人目につかないようにと足早にその場を去ろうとした。しかし、大晟の名前が聞こえて思わず足を止める。

「そういえば、聞いたか？　大晟さん、婚約したらしいな」

「ああ、らしいな。でも、意外だったよな。俺は蝶子《ちょうこ》と結婚するとばかり思っていたのに」

「お前も思っていたか。蝶子はあからさまに大晟さんのこと狙っていたし、大晟さんだってかわいがっていただろう？」

ドクンと心臓が嫌な音を立てた。心が凍り付いていくのを感じる。

――蝶子さんって、誰？

大晟からは聞いたことがない名前だ。その女性と彼は、どんな関係なのだろう。

周りが認めるほど、二人の関係は深いものなのか。

不安ばかりが募っていき、ズキズキと胸が痛む。

もうこれ以上は聞いていたくなくて、こそこそとその場をあとにする。

美花は逃げ込むように和室へと戻ると、そこには大晟がいた。

「ああ、よかった。美花の姿が見えないから心配していたんだ」

「大晟さん……」

「ん？　どうかした？」

心配そうな目で見つめてくる彼を見て、慌てて笑顔を浮かべて取り繕う。

「なんでもないです。ちょっとお手洗いに行っていただけですよ」

蝶子という女性について聞いてしまいそうになる。

だが、咄嗟にそれを止めた。真実を聞く勇気がなかったからだ。

彼に訝しがられないよう美花が必死になっていると、若頭の側近である男性が障子越しに声をかけてきた。

「大晟さん、若がお戻りです」

「あ、ああ……」

大晟が、チラリと美花に視線を向けてくる。そんな彼に、「大丈夫です」とにっこりと笑って見せた。

「ちょっと緊張しちゃっていただけです」

「大丈夫だよ。俺がいるしね」

じゃあ、行こうか。そう言って部屋を出ようと促す彼に従い、廊下へと出る。

向かう先は、先日お見合いもどきをした、あの離れの部屋だという。

綺麗な庭園を横目で見ながらも、沈む気持ちを抑えられない。

とはいえ、ここで気落ちした様子を見せたら、大晟が心配してしまう。

モヤモヤする気持ちをソッと心の奥底に隠し、促されるまま離れの部屋へと入る。

そこには大晟の兄であり、秋雷会の若頭が綺麗な笑みを浮かべて美花たちを待っていた。

「初めまして、美花さん。大晟の兄で、大貴《だいき》です」

思わず目を見張った。本当に綺麗な男性だったからだ。

所作が美しく、凜としている。茶道などの師範だと言われても疑わないだろう。

とても極道の世界に身を置いているなんて思えない、柔らかい物腰の人物だ。

大晟と並ぶと、二人のオーラに圧倒されてしまう。

美形な兄弟を前に緊張する美花を見て、大貴は優しくほほ笑んだ。

「かわいい人だね」

と大貴が言うと、大晟は「そうだろう？　でも兄貴にはあげないよ？」と牽制をする。

そんな二人のやりとりに顔を赤く染めていると、大貴は「幸せそうでなにより」とニコニコと笑った。

挨拶を終えたあと、大貴は現在の状況を教えてくれた。

謹慎になった北尾には特に動きはなく、いささか静かすぎるほどだという。

清香組の幹部が接触を試みているようだが、話し合いの場につこうとはしないらしい。

また何か情報が入ってきたら伝えると言われ、腰を上げて大晟と共に部屋を出た。

すると、そこには一人の女性が部屋の前で佇んでいるのが見える。

その女性は大晟の顔を見ると、嬉しそうに声をかけてきた。

「大晟さん、少しいいでしょうか？」

「あぁ。どうした？　蝶子」

彼女の名前を聞き、美花の心臓が嫌な音を立てる。

秋雷会の組員たちが噂をしていたのは、この女性のことなのだろう。

チラリと彼女に視線を向けると、かわいらしくほほ笑み返してきた。それに応えるように美花も慌てて会釈をしたが、胸の奥がモヤモヤしてしまう。

「美花、紹介する。彼女は菊見蝶子。秋雷会で家政婦をしているんだ」

菊見という名前を聞いて思い出す。先程も美花にお茶を出してくれた家政婦の女性と同じ名字だ。

もしかしたら、二人は母子なのだろうか。

そのことを大晟に言うと、「ああ、あの人が蝶子のお母さんだ」と教えてくれた。

なんでも、蝶子の父は秋雷会の幹部にいた人だったのだが、抗争に巻き込まれて命を落としてしまったらしい。そこで遺された菊見母子は、秋雷会に身を寄せて暮らしているようだ。

大晟に紹介されると、蝶子は明るく声をかけてくる。

「初めまして、菊見蝶子と言います。秋雷会には母もいますから、区別するために皆は私を蝶子と呼んでいるんです。美花さんもそうお呼びくださいね」

「八木沢美花です。よろしくお願いします」

当たり障りない挨拶をし終えると、彼女は大晟に「組長がお呼びですよ」と寄り添うようにして声をかけた。

そんな二人のやりとりを見て、やっぱりどこかで面白くない感情が湧き上がってきてしまう。

――ヤダ、私ったら……。

これでは完全にヤキモチだ。こういった嫉妬は見苦しいと思っていたのに、ついに自分もするようになってしまったのか。

キュッと手を握りしめて感情を押し殺していると、「美花」と大晟が名前を呼んだ。

「悪い。ちょっと父さんのところに顔を出してくる。そんなに時間はかからないとは思うけど、さっきいた和室で待っていてもらえないかな」

「わかりました」

頷く美花を見たあと、大晟は蝶子にお願いをする。

「蝶子、悪いけど美花を和室に案内してもらえるか？」

確かにこのお屋敷は広く、一人では先程通された和室に戻れる自信はない。

だが、蝶子とこのまま一緒にいるのは気まずい気がした。

遠慮しようとしたが、先に蝶子が大晟に返事をしてしまった。

「わかりました。あ、ちょっと待って。大晟さん」

蝶子はそう言うと、大晟を引き留めて彼のそばへと歩み寄ったが、足がもつれてしまう。

転びそうになった蝶子を、大晟は「危ない！」と咄嗟に抱き留めた。

「すみません、大晟さん。ありがとうございます」

「気をつけろよ、蝶子。昔からそそっかしいからな」

「それは言わないでください」

そう言って頬を赤らめた蝶子は、彼の肩に触れた。

「糸くず、取れましたよ」

彼女は大晟の肩についていた糸くずを取ろうとして、足をもつれさせてしまったのだろう。

仕方がないとは思う。だが、なんだか入り込めない壁を二人から感じた。

昔からこんなふうに、二人はこの秋雷会の本家にいたのだろうか。

疎外感を感じていると、蝶子は美花に向き直った。

「では、美花さん。参りましょうか」

「はい……」

大晟の手前、断ることはできない。彼とその場で別れ、渋々と蝶子に着いていく。

長い廊下を歩く間も、彼女は特に何も言葉を発しない。

美花がそのことにホッと胸を撫で下ろしている間に、ようやく目的地へと辿り着いた。

蝶子にお礼を言って部屋に入ろうとすると、なぜだか彼女まで一緒に入ってくる。

驚いている美花を一瞥したあと、彼女は話を切り出してきた。

「私、美花さんは秋雷会の若頭、大貴さんと婚約をして、佐宗に入られるとばかり思っていましたが……。まさか大晟さんと婚約をするなんてね」

彼女の言い方には棘がある。

不快に感じながらも表面上は冷静を保っていると、彼女は先程までの柔和さが一変し、迫力のある雰囲気へと変わった。

そんな彼女を見て、ゾクリと背筋が凍る。

「でも、私はそんなの認めないわ！」

目を見開いて何も言えずにいると、彼女はクスクスと妖艶に笑い出した。

癒やし系だと思っていたかわいい彼女が、まさかそんな表情を浮かべるとは思わず戸惑う。

「どうしてこんなことを言われるのかわからない。そんな顔をしていますね。だって、私——」

一度話を切ったあと、彼女は美花の耳元に近づいて囁いた。

「大晟さんが好きなんです。というか……彼も私が好きなんですけどね」

そんなはずない。彼女から離れてそう否定しようとした。

だが、目の前の蝶子の目は据わっていて、恐ろしいほどに敵対心を剥き出しにしている。

「そういえば、知っているかしら？　大晟さんがオーナーを務めているカフェ。あの二階に昔、彼は住んでいたの」

カフェ〝星の齢〟のことを言っているのだろう。確かに、あの二階には生活空間が広がっていた。

だが、それがどうしたというのか。

疑問を抱いていると、彼女は鼻を鳴らした。

「ベッドサイドにモザイクガラスのスタンドランプがあるの。彼にしては、かわいらしいデザインなのよ」

得意げに言う彼女を見て、言葉を失う。

どうして彼女が、大晟のプライベート空間のことを知っているのだろう。

不安に揺れていると、蝶子は頬を赤らめた。

「私は何度もあのベッドで彼と愛し合っているの。だから、あのカフェのことは何でも知っているのよ」

「え……？」

頭が真っ白になってしまった。彼女は、何を言っているのか。

呆然としている美花を見て、彼女はあからさまにバカにした様子で笑う。

「大晟さんったら、ちょっとつまみ食いをしたくなったのかしら？　まさか佐宗の家に泊まって着物が着付けられなくなるような行為をするなんてね」

笑いを止めて、彼女は美花を射貫くように鋭い視線を向けてくる。

彼女は暗に、大晟が美花と身体の関係を持ったのを知っていると言ってきた。

そして、それは褒められるものではないと非難しているのだ。

蝶子と大晟は昔から想い合っている。その関係を引き裂くようなまねをしないでくれと言いたいのだろう。

「彼は私のモノよ。さっさと婚約解消しなさいよ！」

言いたいことは言ったとばかりに、蝶子は立ち去っていく。

彼女の後ろ姿を見送ったあとも呆然として何も言えずじまいな美花は、自分が歯がゆく感じる。

「あんなの嘘だよ。大晟さんは、私のこと好きでいてくれているもの」

何度も愛を囁かれながら、彼に抱かれている。だから大丈夫。彼の愛は、自分に向けられているはずだ。
そう自分に言い聞かせながらも、どこか不安が拭いきれずに立ち尽くす。
愕然として不安の中を漂う美花は、知り得なかった。
蝶子がその場から立ち去ったあと、北尾と連絡を取り合っていたことに……。

10

――どうしたらいいんだろう……。

蝶子からの牽制を受けてから、すでに一週間が経とうとしていた。

しかし、美花の心は未だにモヤモヤしていて晴れてくれない。気がつけば、ため息を繰り返している。

大晟を信じている。蝶子から聞いた話は、おそらく嘘だ。

そう思えるほど、彼から愛されている実感はある。

だけど、やはり頭の片隅では不安な気持ちを隠しきれない自分がいるのにも気がついていた。

この憂いを手っ取り早く解消するのには、彼に真相を聞くのが一番だ。

わかってはいるのだけど、なかなか勇気が出てこない。

万が一、蝶子の話が本当だったとしたら、きっと立ち直れない。

結局、自分に自信がないだけなのだろう。

年の差があるのも原因の一つだ。でも、なにより引け目を感じてしまう理由は、大晟と蝶子の空気感だろう。

この前、秋雷会本家での二人のやりとりを見たとき、割り込めない絆みたいなものを感じた。

その様子を思い出すたびに、蝶子が言っていたことは本当なのではないかと疑ってしまうのだ。

ダイニングテーブルを見つめる。そこには、彼のために作った夕食だけが残されていた。

時計を確認すると、もうすぐで夜九時にさしかかろうとしている。

美花はすでに夕食を食べ終えていて、あとは寝るだけという状況だ。

しかし、寝るには時間が早いのでテレビでも見ようかとリモコンを手にしたが、それをテーブルの上に戻す。そんな気分には、どうしてもなれなかった。

ここ最近、大晟の帰りが遅い。仕事と北尾の件で忙しくしているのだとわかっているけれど、どうしても疑心暗鬼になってしまう。

美花には飽きて、蝶子と会っているのではないか。そんなふうに考えてしまう自分がイヤだ。

彼を信じなくちゃ。何度も自分に言い聞かせていると、チャイムの音がした。大晟だろうか。

出迎えるために玄関へと向かうと、大晟は靴べらを使って革靴を脱いでいた。

彼は玄関に上がると、出迎えた美花を抱きしめてくる。

「ただいま、美花」

「おかえりなさい……」

キュッと抱きしめ返した瞬間、身体が硬直してしまう。彼から、女性ものの香水が香ってきたからだ。

この香水は、蝶子のものなのだろうか。それとも、美花がまだ知り得ぬ別の女性のものなのか。

大晟はとてもモテる。だからこそ、彼の周りには魅力的な女性がたくさんいるはずだ。蝶子だけではないはず。

誰に会っていたの？　そんなふうに聞いてみたくなる。

だけど、残念ながら勇気は出てこない。怖くて怖くて仕方がなくなる。

胸の奥がざわついて、不信感で押しつぶされそうだ。

「ほら、部屋に行こう。今日は冷え込むね」

大晟は美花の肩を抱き、リビングへと向かっていく。彼に合わせて足を動かすのだけど、心は固まったまま動いてはくれない。

リビングへと入ると、彼は美花を解放してコートを脱ぎ出した。

居ても立ってもいられなくなって、その背中にギュッと抱きつく。

もう感情がコントロールできなかった。

彼からの愛を信じたい。だけど、信じられないことが切なくなる。

不安や切なさ、疑惑や不信。色々な感情が渦巻く中、一貫して美花の中にあるのは彼を失いたくはないという気持ちだ。

でも、どうすればいいのだろう。経験値も色気も何も持たない自分では、彼の心を繋ぎ止めておく術がないのだ。

こんなに愛しているのに。こんなに彼を欲しているのに。

どうしたら彼に気づいてもらえるのだろうか。

「美花？　どうかしたの？」

彼が振り返って、心配そうに顔を覗き込んできた。

彼の瞳には、嫉妬で感情が焼き切れてしまいそうな恋愛下手な美花が映っている。

「美花？」

問いかけてくる彼の腕を掴んでラグに座らせたあと、彼の太ももに跨がり押し倒した。

こんな角度で彼を見る機会は、初めてだ。

呆気に取られている大晟を見て、心臓が異様なほど高まっていく。

ここで大胆に彼を誘惑できなければ、美花の手を躱して他の女性の元へと行ってしまうかもしれない。

ネクタイに手を伸ばして解く。それを床に投げ捨てたあと、ワイシャツのボタンを一つ、二つと外していく。

彼の喉仏が上下に動く。それがまた、大人の魅力を醸し出しているように見えて焦ってしまう。

女性として未熟な美花は、喉から手が出そうなほどに色気が欲しくて堪らなくなる。

今すぐ大晟に並べるだけの魅力が欲しい。

必死になって愛撫しようと彼に手を伸ばしたのだけど、その手を彼に掴まれてしまった。

「どうしたの？　美花。今日の君は、なんだかおかしいよ」

そう言われたとき、ようやく美花は自身の異変に気がついた。

目からは幾重にも涙が零れ落ちていたからだ。

その涙を拭いながら彼は必死に宥めてくれるのだけど、一向に涙は止まってくれない。

それがまた、自分が子どもじみているのだと認識させられて辛くなった。

「ごめんなさい、大晟さん」

嗚咽混じりに、何度も彼に謝罪をする。

目の前には、大好きな人。だけど、そんな彼を困らせているのは自分だ。

満足に彼を愛することができない。それが悔しくて、切なくて、やるせなくなる。

身体だけではない。心や愛情を、もっともっと彼に伝えなくてはいけないのに、それができていない。

足りないのだ。何もかもが。

それを痛烈に感じて、胸が痛くて痛くて仕方がなくなる。

「どうしたの？　美花。ほら、泣いていちゃわからないよ？」

何も言い出せず唇を噛みしめていると、「美花」と再度名前を呼ばれた。

彼の目を見つめ、震える唇を必死に動かす。

「……香水の香り」

「え？　香水？」

「女の人と……一緒にいたの？」

「え？」

最初は何のことを言っているのかわからない様子の大晟だったが、自身の腕を鼻に近づけてくんくんと匂いを嗅いだ。

そこでようやく美花が何を言いたいのか、わかったのだろう。ハッとした表情を浮かべた。

ますます目に涙を溜める美花を見て、大晟は慌てて否定する。

「女の人と一緒にいたわけじゃないよ！　いや、いたけど、それはスタッフだったし。疚《やま》しいことは何もないから」

大晟の話を要約すると、この香水の香りは彼が経営している店の商品だったようだ。

そういえば、以前彼はカフェ〝星の齢〟の他にも、いくつかお店を持っていると言っていた。香水を取り扱っているのは、そのうちの一つなのだろう。

今日、新製品ができあがり、スタッフたちと試用していたため身体から香っていたのだと言う。

それを聞いた美花はホッとしすぎて、涙がまた再び零れてしまう。

「疑って、ごめんなさい……」

「いや、勘違いさせてしまった俺が悪いんだ。ごめんね、美花」

大晟は、その大きな腕の中へと誘ってくれる。

優しく抱きしめてくれ、彼のぬくもりを感じた。

しかし、心は晴れない。大晟と蝶子との関係を聞きたくても聞けない。そんな自分に嫌気が差してきてしまう。

落ち込みそうになるが、これ以上大晟を困らせたくはない。

無理して明るく振る舞うのだけど、空回りしているのは美花にもわかっていた。

そんな美花を見て、さすがに大晟も美花の異変に気がついたようだ。

なにかと声をかけてきてくれたり、あれだけ遅くなっていた帰宅時間を早めにしてくれた。

彼に無理をさせている上、気を遣ってもらっている。それを肌で感じて、ますます辛くなるのに何も行動にできない。

ギクシャクとした雰囲気が二人の間に立ち込めてしまい、どうしたらいいのかわからなくなってしまった。

このままではいけない。そんなふうに思いながらも何もできずにいた美花に、大晟は優しい気持ちを向けてくれる。

「ねぇ、美花。今日、仕事帰りに久しぶりにカフェへおいで」

「星の齢に？」

「うん。美花の好きなホットケーキを焼いてあげるから。生クリームたっぷり添えてあげるよ」

「でも、今日は定休日じゃなかったですか？」

カレンダーを確認して首を捻る。毎週水曜日は定休日だったはずだ。

それに北尾のこともある。外出してもいいのだろうか。

それを指摘すると、彼はいたずらっ子のような笑みを向けてくる。

「もちろん、うちの私設秘書と一緒に車で来てもらうのは原則だよ」

「大晟さん」

今の美花には、気分転換が必要だと思ってくれたようだ。そんな彼の気持ちがとても嬉しい。

「今日は美花だけ。貸し切りにして、目一杯もてなすよ」

お茶目な口調で言われて、知らず知らずのうちに笑い声が出ていた。

どこかホッとした表情を浮かべる大晟を見て、相当彼を悩ませていたのだろうと罪悪感が押し寄せてくる。

いい機会かもしれない。これまでの不安をすべて彼に聞いてもらおう。

ずっと胸の奥にしまい込んで燻っているだけでは、何の解決にもならない。

もしかしたら、辛い現実が待っているかもしれないけれど、逃げ続けていても何も始まらないだろう。

彼の誘いに乗ろうと決めて頷いた。


「そろそろ来るはずだけど……」

仕事が終わり、美花はオフィスビル正面入り口前で迎えの車を待っていた。

いつもなら地下駐車場に大晟の私設秘書がスタンバイしてくれていて、その車に乗り込むという形を取っている。

極力オフィスビルの外に一人で出ないようにという大晟の指示があるからだ。

しかし、今日は地下駐車場には業者が入っていて工事をしている。

そのため、午後からは駐車場が立ち入り禁止となってしまった。

そのことを大晟に伝えると『仕方がないから、人目があるような場所で待っていて』と言われて正面入り口前で待っている。

ここなら、絶えず人の目がある。何かあっても誰かしらに異変を感じてもらえるだろう。

腕時計を確認すると、約束していた時間を少しだけ過ぎていた。

もしかしたら、渋滞に巻き込まれているのかもしれない。

通行の邪魔にならないように隅で待っていると、見知った顔の女性がこちらに向かって走ってくる。蝶子だ。

無意識に顔が強ばり、彼女に見つからないようにと身を隠したくなる。

だが、逃げる間もなく彼女は声をかけてきた。

「よかった……。まだ美花さんが帰宅されていなくて」

「え？」

なんだか以前会ったときとは様子が少し違う。

走って乱れてしまった呼吸を整える様は、どこか危機感を滲ませていた。

どうしたのか、と話しかけようとすると、彼女は美花の腕を掴んで強引に入り口前から遠ざけようと引っ張っていく。

なんだか嫌な予感がして抵抗しようとした。

だが、結局地下駐車場まで連れられてきてしまった。

すでに工事を終えたようで業者スタッフはこの場にはおらず、現在ここには誰もいないようだ。

「どうしたんですか？　蝶子さん」

あまりに強引に引っ張られ思わず顔を顰めていると、彼女は真っ青な顔をしてこちらを見つめてきた。

「美花さん。落ち着いて聞いてくださいね」

そう念押しをされて美花が抗議しようとしていた口を噤むと、彼女は耳打ちしてくる。

「組の人間が話しているのを聞いてしまったんですけど。美花さんのお母様が次は狙われるかもって」

「どういうことですか!?」

咄嗟に大きな声を出してしまった美花に、蝶子は「シッ！」と鋭い声で制止してくる。

「小耳に挟んだだけです。詳しい内容はわかりません」

彼女はふぅと深くため息を零した。

「私としては、貴女方親子がどうなろうと知ったことではない。貴女がいなくなればいいのにと思っているから」

彼女の言葉は本心だろう。

彼女にとって美花は、邪魔な存在以外の何者でもないだろうから。

それなのに、どうしてそんな情報を美花の耳に入れようと考えたのか。

純粋に疑問を抱いていると、彼女は声を落として呟く。

「大晟さんのためよ」

「え？」

「大晟さんは今、貴女を守るために奔走しているのよね？」

彼女の言葉を聞き、疑問が残る。

紅葉谷組と北尾の件は、ごく限られた人間しか知らないはずだ。

だが、彼女の口ぶりでは、今回の件について内情を知っているように聞こえる。

訝しがっていると、彼女は先を急ぐように言い募ってきた。

「知っている？　彼が秋雷会と距離を置いているのは、極道が嫌いだからよ。それなのに、今回貴女を助けようとした。極道の世界に再び首を突っ込まなければならなくなるかもしれないのに。極道を離れた環境で生きてきたのに、貴女のせいで彼がそれを捨てなくてはならなくなる。それでは、かわいそうでしょう？」

燻る疑問について問いかけようとしたが、蝶子の言葉に胸が鷲掴みされたように痛んで口を閉ざした。

蝶子の言っている話は本当だ。

通常は、なかなか実家にも帰らないと彼は言っていた。

だが、美花を助けることにより、彼は再び組に出入りしている状況だ。

蝶子はそれを非難しているのだ。

美花が、彼の立場を危ういものにしている。それは確かだ。

罪悪感で押しつぶされそうになる。それに、母のことも心配だ。

彼女の言う通りで、北尾や紅葉谷組に美花が狙われているとなれば母だって同様に狙われる可能性が高い。

美花が秋雷会に清香組組長である父と一緒に赴いた時点で、ずっと隠し続けていた事実が極道の世界で明らかになってしまった。

父としては隠し通しておきたかったかもしれないが、清香組に実は跡取りがいるという秘密は遅かれ早かれ北尾によって暴露されたはず。

それを予想していたからこそ、父は、あの日覚悟を持って秋雷会へと美花を連れて行ったのだろう。

現在、美花は秋雷会に匿われている状況。北尾と紅葉谷組は手出しができない。

だからと言って、北尾がそれで諦めるはずがない。となれば、母をターゲットにして美花をおびき出す。そんなことを北尾がしてもおかしくはない。

考え込んでいると、蝶子は戸惑いながら口を開く。

「大晟さんのことも心配だけど……。私だったら、自分の母親が大変な目に遭いそうになっているのを知らないなんてイヤですから。だから、美花さんに伝えなくちゃと思って」

「蝶子さん」

「それに、私は秋雷会が他の組と闘争するのはイヤなの！　だって、大好きな人が巻き込まれたら……イヤでしょう？」

何も言えずにいると、蝶子は「絶対になんとかしてよね！」と強い口調で言い捨てて立ち去っていく。

大好きな人を守りたい。そう思うのは、美花だって同じだ。

北尾はどんな弱みでも突いてくるはず。となれば、母に目を向けてくるだろう。

この前、母と電話で話したときには、父によって匿われていて家を離れていると言っていた。

しかし、あらゆる手を使い、北尾が母に近づいたとしたら……？

まずは、大晟にこのことを話した方がいい。

すぐに正面入り口に戻ろう。そう思った矢先、急にスマホの着信音が鳴った。

足を止めてディスプレイを確認すると、北尾からだった。なんだかタイミングを見計らったように感じて眉を顰める。

通話に出るのを躊躇いながらも、数回のコール音のあとに電話に出た。

『お嬢、お久しぶりです』

北尾の声を聞き、どうしてこんなことになってしまったのかと憂う気持ちを隠しきれない。

その挨拶には応えず、すぐさま本題を彼に突きつけた。

「北尾さん、貴方、これから何をするつもりなんですか？」

『ハハハ。率直ですね』

クスクスと笑い続ける北尾だったが、美花が色々と把握しているのだとわかったようだ。

神妙な口調で言ってくる。

『お嬢が私に応じてくれるのならば、幸恵さんには指一本触れませんよ』

北尾の口から母の名前が出てくる。やはり、蝶子からの話は本当だったのだ。

悔しさと絶望で苦しくなる。

キュッと唇を噛みしめていると、彼らしく淡々とした様子で続けた。

『お嬢に心の整理をしてもらいたい』

「え？」

『私の妻になると、今すぐ約束してください』

「……」

『言えないのでしたら、幸恵さんの無事は保証できませんから』

「卑怯ですね」

『なんとでも。人は時として欲しいモノを得ようとするとき、鬼になるそうですよ。自分がそんな鬼になる日が来るとは思いませんでしたが』

やはり北尾はどんな手を使ってでも、美花を清香組の後継者に祭り上げるつもりだ。

そして、その伴侶として彼が横に座る。

そうすれば、彼は好きなように組を動かせるようになる。そんな筋書きなのだろう。

清香組の伝統と繁栄を願う彼らしい行動とも言える。

長年続いた世襲制を廃止にしようと考えている父の意見は聞かないつもりだ。

彼は小さく息を吐き出したあと、事務的な口調で告げてくる。

『どうしますか？』

言えるはずがない。大晟が好きなのに、北尾の元になど行けない。

だが、ここで決断しないと、母の身が危うくなってしまう。

渋って何も言えない美花に、北尾は大きなため息を零す。

「お嬢自らに決断してもらいたかったのですが、致し方ないですね」

「え？」

今までスマホ越しに聞こえていた北尾の声が、ダイレクトに耳へと飛び込んできた。

驚いて振り返った瞬間、北尾の姿が見えた。

だが、すぐに視界が歪んでいく。布らしきもので口と鼻を覆われてしまい、クラクラしてきた。

「もう、貴女が覚悟するのを待ちきれなくなってしまったのですよ、お嬢」

消えゆく意識の中、口元を歪める北尾の顔が見えた。

＊　＊　＊　＊　＊

「どういうことだ！　美花の姿が見えないというのは！」

私設秘書の彼に怒鳴っても仕方がないのはわかっている。だが、冷静でなどいられない。

落ち着け、と自分に言い聞かせる。

事故渋滞につかまり、会社に着くのが予定よりかなり遅くなってしまったらしい。

慌てて車を停めてビルの正面入り口に行ったが、美花の姿が見つからないという。

おそらく北尾が美花を連れ出したのだろう。

ここで無様に動揺していても、事態は悪化するばかりだ。

秘書に「社内をもう一度探してくれ」と頼んで通話を切る。

北尾の身柄は、紅葉谷組本拠地がある関西だと調べはついていた。

紅葉谷組内部に組員を忍び込ませて北尾の監視を続けていたのだが、その目を掻い潜って関東に、そして美花の元にやって来たというのか。

歯ぎしりの音がギリッと、静かなカフェの店内に響く。心配と不安でどうにかなりそうになるのを抑えながら、店の外へと飛び出してバイクに飛び乗る。

エンジンをかけ、ブルルンと低音のエンジン音を響かせながら、ヘルメットを被る。

気だけが急かされて荒々しい運転になってしまいそうになるのをグッと堪え、秋雷会本家へと向かう。

いつもなら秘書——あの男も元々は極道の人間だったが——が運転する車で行くのだが、単身バイクで乗り込んできた大晟を見て組の人間たちが驚いた顔をしている。

バイクで玄関前まで行くと、そこにはなぜか慌てた様子でこちらを見ている蝶子がいた。

掃除の最中だったのか。手にはホウキを持っている。

バイクのエンジンを切って止めたあと、ヘルメットを外す。

すぐさまバイクから降り、本家に入った。靴を脱ぎ捨てて苛立ちながら玄関を上がると、先程まで外で掃除をしていたはずの蝶子が声をかけてくる。

「大晟さん、どうされたんですか？」

「父さんはいるか？」

彼女の質問には答えず、一方的に聞く。

すると、焦った様子であとをついてきた蝶子は「会合に出かけられていて不在です」と返事をした。

彼女を振り返らずただ前を見据えたまま、大晟は違う質問を投げかける。

「じゃあ、兄貴は？　組の方に何か異変はなかったか？」

矢継ぎ早に聞いたのだが、蝶子は「特にない」と返す。

彼女は、ここの家政婦として長く働いている。父も兄も蝶子をかわいがっているので、色々な情報が彼女の耳には届くはず。

そんな彼女が特にないと言うのだから、美花が消息を絶ったことは秋雷会にはまだ伝わっていないのだろう。

父と兄がいない以上、ここにいても何も収穫を得られない。

足を止め、振り返って今来た道を戻っていく。

こうなったら、まずは清香組へ行くのがいいだろう。美花の父である清香組長に話を持っていった方がいい。

蝶子の横を通り過ぎて再び玄関に向かおうとすると、彼女が大晟の腕を掴んでくる。

「待ってください、大晟さん」

「蝶子？」

「もう少しすれば、若頭がお帰りになられますよ。それまで、ここで待たれてはいかがですか？」

なぜだか必死な様子で、蝶子が引き留めてきた。

しかし、ここで待っているのも焦れるばかりで何の解決にもならないだろう。

「いや、いい。兄貴にはあとで連絡を入れる」

蝶子の手を振りほどき玄関で靴を履いている間も、なぜか蝶子は引き留めようとしてくる。

それがまた必死に感じて、違和感を覚えた。

彼女がここまでして大晟を引き留めようとする意味がわからない。

バイクに跨がったあと、蝶子を一瞥した。

大晟の雰囲気が変わったからだろう。彼女は後ずさり、怯えた様子を見せる。

「蝶子。俺に何か隠していることはないか？」

「別にないですけど……」

そう言いながらも、視線が泳いでいるように感じる。

彼女とは、この秋雷会の本家で長年一緒に暮らした者同士だ。

微妙な雰囲気やニュアンスでわかることもある。

「蝶子、言え。俺に隠し事ができるとでも思っているのか？」

大晟らしからぬキツい物言いに、彼女が目を見開く。

それと同時に恐れを感じたのか。彼女の身体が硬直した。

しかし、追及の手を緩めるつもりはない。

蝶子は、何かを握っている。それを勘で嗅ぎ取り、眇めた目で見つめる。

「美花のこと。何か知っていないか？」

「大晟さん……っ」

「言え」

いつもと違う迫力を纏う大晟を見て、自分の身が危うくなっているのに気がついたのか。

どこか責任転嫁をするような口調で言ってくる。

「あの子は、自らの意思で大晟さんの元から逃げ出したんじゃないかしら」

「なに？」

鋭く反応すると、蝶子は怯み肩を震わせた。しかし、すぐに開き直ってそっぽを向く。

「もう大晟さんの前には、現れないわ」

蝶子はやっぱり何かを知っている。

美花に関する情報を手にしているのは、間違いないだろう。

バイクから一度降りて、彼女ににじり寄る。

「どういうことだ？」

一歩進むたびに、玉砂利がジャリッと音を立てる。

その音がするたびに、彼女の顔が青ざめていくのがわかった。しかし、止めるつもりはない。

蝶子を建物の壁に追いやり、逃げられないよう壁に手をつく。

怒りに震える手を押さえながら見下ろすと、彼女はガクガクと身体を震わせていた。

蝶子は今回の件について一枚噛んでいるだろう。後ろめたい何かがあるからこそ、こうして怯えているのだ。

殴り飛ばしたくなる衝動をグッと抑える。相手は女だ。手出しはできない。

理性を取り戻し行動には出なかったが、湧き上がる怒りは彼女に伝わったのだろう。

恐怖の色を表情に浮かべながら、それでも蝶子は反発的な態度で涙ながらに叫んだ。

「どうして!?」

先程までは、どこか憎しみを込めたような雰囲気だった。しかし、現在目にしている蝶子は切なさや、やるせなさを醸し出している。

ぽってりとした唇を噛みしめたあと、涙を幾重にも流しながら訴えてきた。

「大晟さん。どうして、あの子なの？」

「蝶子」

「私を、どうして好きになってくれないの？　ずっとずっとかわいがってくれていたじゃない！」

こちらを睨み付ける蝶子だが、ふと幼き頃の彼女の影と重なった。

蝶子の父は、元々秋雷会の幹部にいた男だ。しかし、度重なる抗争で命を落としてしまった。

当時の組長である大晟の祖父が菊見の妻たち――家政婦の菊見とその娘である蝶子――を憐れんで、秋雷会本家で住み込みで働かせることにしたのだ。

大晟にとっては、蝶子は妹のような存在だった。

兄も彼女をかわいがっていたが、特に大晟に纏わり付いてくることが多く、自身も彼女をかわいがっていた。

だけど、いつの日からか、蝶子は大晟に対しての感情が親愛から恋愛に変わっていったようで、熱い視線を向けられる回数が増えた。

それに気がついていたけれど、大晟にとって蝶子は妹的存在。それ以上でも、それ以下でもない。

だからこそ、想いを告げられても断り続けていたのだが……。

蝶子は、諦めてはくれていなかった。そういうことなのだろう。

小さく息を吐き出したあと、腰を屈めて彼女の視線に合わせる。そして、首を緩く何度か横に振った。

「蝶子のことは、妹みたいにかわいがってきたつもりだ。それは、何度も蝶子に言っているはずだろう？」

「でも！」

食ってかかろうとする彼女を冷たく一瞥したあと、再び首を横に振る。

「俺は君を女として見られない。それが蝶子を選ばなかった理由だ」

厳しいことを言っているのはわかっている。だが、しっかりと彼女に気持ちを伝えなければ、いつまで経っても大晟への恋心に終止符を打てない。

問答無用でピシャリと言い切った大晟を見て蝶子は唇を歪めたあと、腕組みをして敵対心を剥き出しにしてきた。

「でも、もう遅いわよ」

そう言うと、負け惜しみのように、あざ笑う。

「あの子はもう、諦めた方がいいわ」

「どういうことだ!?」

怒鳴る大晟を見て一瞬怯んだ様子を見せたが、彼女はそっぽを向く。

「大晟さんが今更行ったって、あの子は北尾と結婚して――」

その言葉を聞き、今までなんとか保っていた理性が切れたのが自分でもわかった。

蝶子の肩を力強く掴み、凄みの利いた声で問いかける。

「蝶子、北尾と繋がっていたのか……？」

冷酷な視線を感じたのか。蝶子が悲鳴を上げる。

頭に血が上っている大晟は激昂している態度を隠さず、彼女に怒号を浴びせた。

「言え！　北尾の居場所を！」

大晟が今までに見たことがないほど怒っていることを、彼女は感じ取ったのだろう。逃げ腰で視線を泳がせ、小刻みに震え出した。

だが、蝶子は何も言わない。

大晟が苛立ちを隠せずにいると、蝶子は何度も首を横に振って否定してきた。

「わかんない……！　私、何も……」

泣き崩れて、その場にしゃがみ込んでいく。この様子を見る限り、北尾と結託していたのは確からしいが、詳しい内容は何も聞いていないようだ。

清香組若頭の北尾といえば、冷静沈着な顔を持ちながらも、激しい一面があると兄から聞いている。

そんな男だ。捨て駒として蝶子を利用したのだろう。

慟哭し続ける彼女を見下ろしていると、背後から声がかかった。

「蝶子、お前は私の言うことを聞かず、おいたをしてしまったようだねぇ」

振り返ると、そこには秋雷会若頭である兄が車から降りてきたところだった。

相変わらず雅な雰囲気を醸し出している。

しかし、物腰は柔らかく見えるが、この人はなかなかに曲者だ。

兄はこちらに近づいてきてしゃがみ込んでいる蝶子の腕を掴み、立ち上がらせる。

そして、自身の腕の中にすっぽりと収めた。

彼女の頭を撫でながら、兄は「バカな子だねぇ」とおっとりとした口調で蝶子を窘める。

「前に話しただろう？　大晟は穏やかで人当たりがよくて優男のように見えるかもしれないけれど、激しい部分を持ち合わせているよ、と」

わんわん泣き叫ぶ蝶子の耳には届いていないようで、兄はふぅと息を吐き出した。

そのまま、困った様子で大晟を見つめてくる。

「この男は、実は私なんかより若頭の器に相応しいのにね」

「兄貴」

厳しい口調で彼を非難すると、彼は「悪かったね」と謝ってきた。

「蝶子を甘やかしてしまったのは、私のミスだ。こっちで処理しておくから、任せておいてくれないかい？」

この人こそ優男に見えるが、聡明さと腹黒さを持っているのを実弟である大晟はよく知っている。

兄以外に、この秋雷会を引っ張っていける人間はいない。

蝶子のことは、兄がなんとかしてくれるだろう。そう思って彼に任せることにした。

するると、兄の側近をしている男が近づいてきてメモ用紙を手渡してくる。

「大晟さん。八木沢さんは、北尾と共に清香家の菩提寺《ぼだいじ》へと向かっているという情報が入りました。これは寺の住所です」

どうやら、すでに秋雷会の方にも美花が連れ去られたことが耳に入ったのだろう。

すぐに手配して居場所を突き止めてくれたようだ。さすがは兄だ。

手渡されたメモを確認したあと、慌ててバイクに跨がる。すると、兄が止めてきた。

「大晟。紅葉谷組の連中も一緒にいる可能性がある。うちの者を連れて行くといい。まぁ、お前の腕っ節があれば大丈夫かもしれないけれど。佐宗家の大事なお嫁さんになる女性のピンチだから念には念をね」

兄の言葉を聞いて、思わず口角が上がる。

ヘルメットを被ってすぐさまエンジンをかける大晟を見て、兄はフフッとこれまた大晟とよく似た顔で唇に笑みを浮かべた。

それに応えるように、大晟はスロットルを回して返事をした。

11

——ここは、どこ……？

ゆっくりと目を開く。どうやら車内のようで、美花は北尾の膝に頭を預けていた。

慌てて上体を起こすと、クラクラとめまいがする。頭を抱える美花を見て、北尾は心配そうに声をかけてくる。

「大丈夫ですか？　お嬢」

「触らないで！」

北尾を激しく拒絶すると、彼は悲しそうに眉尻を下げた。

「まだ安静にしていてください。少々眠くなる薬を使いましたので。よく効いたようで、ここに着いてからもずっと眠ったままでしたよ」

心配したような口調で言う北尾に、疑問をぶつける。

「母は無事なんですか？」

美花を力尽くで拉致した人物だ。母にも同じように手を出す可能性がある。

睨み付けると、彼は肩を竦めたあと頷く。

「幸恵さんには手を出しておりません。ご安心ください」

それでも信じられないでいると、彼は真剣な目を向けてくる。

「しかし、今は無事でも、今後は保証できないことだけはお伝えしておきます」

「北尾さん！」

「もちろん、お嬢が私の想いを受け止めてくだされば、手荒なまねはいたしません。お約束しますよ」

長い足を組み、静かな口調で言う。

しかし、どうしても慎重になっている美花を見て、北尾は表情を引き締める。

「お嬢に嘘はつきません。それだけはお約束いたします」

「北尾さん」

「そして、貴女への愛も疑ってもらいたくはない」

北尾は美花の手を握って、真摯な目で訴えかけてくる。

その目に嘘はないと判断したが、慌てて彼の手を払いのけた。

一瞬、北尾は傷ついたような目をしたが、それを無視する。

ふぅと小さく息を吐く音が聞こえたあと、彼は淡々とした口調で言う。

「私と結婚をすると組長に言ってください」

「え？」

「そして、清香組を私と一緒に守っていく。佐宗大晟には愛想を尽かした。組長にそう伝えていただければいい」

そんなことを言えるはずがない。どれも美花の気持ちに反したものだ。

美花が黙り込むと、社内は重い空気が立ち込めた。

ただ時間だけが過ぎていく、この状況に焦りが生まれる。

視線を窓の外へと向けると、周りは雑木林に囲まれていて、薄暗く静かだ。一体ここはどこなのだろう。

膝に置いていた手をギュッと力強く握りしめながら、美花が何も言えずに固まり続けていると、北尾は最後通告をしてくる。

「お嬢がＮＯと言えば、幸恵さんの身の安全は保証できません」

「……っ」

「今のオヤジは腑抜けになってしまった。清香組のトップに相応しくない。だからこそ、私がなんとかしなければならないのですよ」

丁寧な口調だ。だが、そこには恐ろしいほどの覚悟が見える。

忠誠を誓っていた組長であっても、組の存続のためならば反旗を翻す。

そう言っているのだ。

美花は、父が言っていたことを思い出す。この北尾は、清香組に心底惚れ込んでいる。それこそ、命より大事に思っていると。

その忠誠心を褒めるべきだろうが、ここまで一途すぎると何をするかわからない怖さがある。

そう思った父は、北尾に謹慎処分を下したのだ。

破門にしなかったのは、北尾への情があったから。それほど彼は父と清香組に尽くしてきたのだろう。

しかし、北尾はもう父に刃向かう覚悟を決めてしまっている。もはや、誰にも彼を止めることはできない。

何も言えずにいると、北尾は少々苛立った様子で言葉を続ける。

「犠牲になるのは、幸恵さんだけではない」

「え？」

「お嬢が拒めば、いずれ私は秋雷会を潰しにかかるかもしれませんよ？」

目を見開いて驚愕すると、北尾は意味深な口調で続ける。

「紅葉谷組と手を組めば、秋雷会に対抗できますからね」

「そんな……」

声を詰まらせる美花に、北尾は悪人の顔を見せてきた。

「それを阻止したいのなら、お嬢が清香組を継いで私に秋雷会を潰そうとするのはやめろと命令をすればいい。私と結婚しても、貴女は清香組の正統な後継者なのですから。私はお嬢の言うことには絶対に従うと約束しましょう」

両親を守るため、手助けしてくれた秋雷会に手出しをさせないため。そして、大晟を守るためには、美花がここで防波堤になるしかない。

ギュッと唇を噛みしめたあと、彼を涙目で睨み付ける。

「……わかりました。北尾さんの言う通りにします」

「お嬢」

「でも、貴方も絶対に裏切らないで」

唇を震わせながら言うと、彼は神妙な面持ちで深く頷いた。

「もちろんです。貴女が私の手を取ってくださると覚悟を決めてくれたのなら……。私は、お嬢を、お嬢の大切な人を、命に代えてもお守りすると誓います」

再び彼が手を握ってくる。それから逃げようとしたのだけど、力強く握られてそれは叶わなかった。

それどころか強引に引っ張られて、彼の腕の中へと導かれてしまう。

非難しようとした美花の耳元で、北尾は嬉しさを滲ませるような声色で言った。

「清香組を盤石にする準備は整いましたよ、お嬢。さぁ、今から結婚の報告をしに行きましょう」

外に出て、ここが寺院なのだと知る。夕日に染まる本堂を何人もの男たちが囲っていた。

「お嬢。ここは清香家の菩提寺です。ここに、私が忠誠を誓った前組長が眠っておられます」

「私のおじいちゃん、ですか？」

「ええ」

静かに頷いたあと、北尾は本堂に視線を向ける。

「ここに今、オヤジ……貴女の父上が訪れています」

「え？」

「貴女の父上は、よくこの寺を訪れているんですよ。私は、この機会を待っていたのです」

「どういうこと――」

彼に問いかけようとしたが、口を噤む。

清香組本家にいれば、父を守る組員たちはたくさんいるはずだ。

だが、こうして一度外に出てしまえば、限られた人数しか父の周りにはいなくなる。

そのときを北尾が狙っていたとしたら……？

呆然としている美花に、北尾は興奮が抑えきれない様子で言う。

「前組長の前で、オヤジには決断していただきます」

彼が一歩踏み出すと、玉砂利の音が静かな寺に響き渡る。

「この周りには、私を支持する清香組の者、そして紅葉谷組の者がおります。オヤジは袋のネズミ状態。逃れることはできない」

北尾の条件を呑まなかった場合、父はどうなるのかわからない。

キュッと唇を噛みしめながら、祈るような気持ちでいると脳裏に浮かんだのは大晟の笑った顔だった。

しかし、そんな彼の姿を打ち消すように、北尾は囁いた。

「もう、私の女《モノ》です……。お嬢」

大晟との別れは決定的なのだと胸が軋むように痛み、涙が一粒頬を伝っていく。

気持ちの整理がついていない美花に、北尾は声をかけてくる。

「さぁ、参りましょうか」

美花の腰を抱く彼は我が物顔で、どうしても嫌悪感を覚えてしまう。

しかし、現在の美花の状況を考えれば、抵抗など絶対にできない。

寺の駐車場から本堂までの道のりを重い足取りで歩く。

チラリと辺りを見回すと、本堂の周りには厳つい男性が数人いる。彼らに鋭い視線を向けられて身体が竦みそうになった。

靴を脱ぎ、寺に上がる。北尾は父と一緒にこの寺には何度も足を運んでいるのだろう。慣れた様子で美花をエスコートしながら、本堂から続く渡り廊下を歩いていく。

突き当たりの部屋の前で、彼の足が止まる。この部屋に父がいるのだろうか。

シンと静まり返る和室の一角。ここは、寺にやって来た檀家たちが仏事を待つ間の控え室のようだ。

北尾は、障子が閉まっているその部屋に向かって声をかけた。

「オヤジ、北尾です。入ります」

中にいる父の了承を得ず勝手に障子を開き、美花を連れて中へと入る。

そこには、父と住職がいた。父は美花の姿を見ると、驚いた様子を見せる。

だが、すぐに厳しい表情に変わり、北尾を睨み付けた。

異変を感じ取った住職は、「それでは、私はこれで」と言い残し逃げるように部屋を出て行く。

北尾に連れられて父の前に立ったとき、泣き出したくなった。

咄嗟に父の側近らしき男性たちが助けてくれようとしたのだが……。

父は、苦虫を噛むような表情になりながら彼らを止めた。

本堂の外には北尾の舎弟、そして紅葉谷組の者が今にでも飛びかからんとしている。それを見て、父は我慢したように見えた。

美花を守るために、怒りを呑み込んだのだろう。

膝に置いた拳が怒りで震えているのを見て、切なくなった。

父を守る組員は、この場に二人しかいない。それもそうだろう。

父がこの寺にやって来たのは、前組長である美花の祖父や祖母の墓参りのためだったはずだからだ。

もしかしたら、今後の組の方針について報告をするためでもあったのかもしれない。

父に対面するような形で美花と北尾が腰を下ろしたあと、北尾が「三人だけで話をしたい」と言い出した。

そんな北尾に対し、父に付き添っていた側近二人が異を唱えたが、父がそれを止める。

そして、彼らに外に出るように命令すると、渋々といった様子で二人は出て行った。

それを見届けたあと、北尾の舎弟が障子を閉める。

静まり返る和室、話を切り出したのは北尾だった。

「こうして会うのは久しぶりですね、オヤジ」

「北尾。どうして紅葉谷組と手を組んだ？　清香組が吸収されてしまうとは考えなかったのか？」

「手を組んでいるなんて、人聞きが悪い。利用していると言っていただきたい」

「お前は……！」

怒号を浴びせる父を見ても、北尾は涼しい顔をしている。

北尾は、目の前にあるその座卓に婚姻届を置いた。

「オヤジ、どうかお嬢との結婚を認めてください。清香組は、お嬢と私の二人で守っていきますから」

父はその婚姻届に視線を向けたあと、目を瞑ったまま腕組みをして口を開かない。

それは想定内だと考えているのか。北尾は淡々とした様子で「やはり認めてはいただけませんか」と続ける。

「私の手中には紅葉谷の人間がいる。私の指示で、清香組を一気に取り潰すことができるほどに」

父は目を開き、そんな北尾を厳しい表情で見つめるが、北尾は動じなかった。

「貴方は私の大切なボスでした。ですが、どこかで貴方は道を外れてしまったようですね。それが悲しい」

「北尾！」

激昂する父を冷淡な目で見つめたあと、北尾は妖しくほほ笑む。

「私は前組長の遺志を継ぎ、清香組の伝統を守ります。それを妨げる者は、誰であろうとも排除します。もちろん、オヤジであろうとも」

それをするだけの力を彼は身につけてきた。そう言いたいのだろう。

清香の血を受け継ぐ美花が組を継げば、父についている組員たちも納得する。そう考えているようだ。

強引に美花を娶り、美花の立場を利用して組を自らの都合のいいように動かそうとしている。

一方、父としては美花をこの世界に引きずり込みたくはない。

深いため息が聞こえそうなほど、両者一歩も引く気はない様子だ。

北尾は、力尽くで清香組を乗っ取るつもりだ。

それがわかっているからこそ、父は頑なに口を閉ざしている。

北尾は、今まで話の矛先を父にばかり向けていた。

しかし、戦法を変えるつもりか。美花に向き直ってくる。

「ほら、お嬢。私と結婚すると、オヤジの前で言ってください」

できますよね、と彼の目が訴えてくる。それを見て、ゾクリと背筋が凍った。

厄介なのは彼が組の存続のために直系である美花の血筋だけを欲しがっているのではないという点だ。

彼は、伴侶としての美花も求めている。その瞳に宿る熱を見れば、彼が美花を生涯の妻として欲しているのがわかった。

だけど、美花の心が求めているのは大晟一人だけだ。彼の代わりは、誰にもできない。

自分の感情のすべては、大晟に向けられている。それが真実だ。

——大好きです、大晟さん。ずっとずっと大好きです。

ここで頷けば、北尾の妻になってしまう。それでも、心の奥底で想うのは大晟ただ一人だった。

自分は北尾に屈したわけではない。守るのだ。大好きな人たちを。

北尾に向かって唇を動かそうとした、そのときだ。

外がとても騒がしくなり、異変を感じた北尾が立ち上がる。

北尾が閉ざされていた障子に手をかけようとしたとき、パシンという小気味よい音を立てて障子が左右に開かれた。

そこに立っていた人物を見て、美花は思わず立ち上がる。目頭が熱くなり、駆け出したくなった。だけど、嬉しさで胸がいっぱいになり、その場から動けない。

「待たせたね、美花」

そこには髪と服を乱し、いつもの穏やかな様子とは違う大晟が立っていた。

颯爽とした雰囲気は変わらない。だけど、どこか猛々しく感じる。

突っ立ったままの美花を見て肩を竦める大晟に、北尾は慌てた様子で外に出て辺りを見回す。

そうだった。この部屋の近くに何人か北尾の舎弟が待機していたはず。

それなのに、外はとても静かだ。首を傾げていると、北尾が血相を変えて戻ってきた。

「これは、どういうことだ!?」

激しく怒る北尾を見ても、大晟の涼やかな表情はピクリとも動かない。

冷静沈着な様子で、彼は北尾に視線を向ける。

「どういうことも、何も。貴方が見た光景が真実ですが？」

「っ」

「最近は実践から遠ざかっていましたから、どうかなと思ったのですが。昔取った杵柄《きねづか》、腕はなまっていませんでしたね」

「佐宗……っ」

「一応、秋雷会若頭が人員を貸してくれましたけど、寺の敷地外で待たせてあります。俺一人でも突破できると思ったのでね」

余裕の表情で、彼はほほ笑む。どうやら、寺の本堂周りにいた北尾の舎弟たちは、大晟の手によって返り討ちにされてしまったようだ。

——すごい、大晟さん！

喧嘩慣れした人たちがこの場にいたはずなのに、拳でものを言わせ単身で乗り込んできたのか。

極道の世界から遠ざかっていたとはいえ、彼の実家は秋雷会本家。自分の身を守るため、幼き頃から鍛錬を積んでいたのだろうけど、それにしてもすごい。

呆然としている北尾から視線をそらし、大晟は美花に視線を投げかけてくる。

「一人で外に出てはダメだって言っておいただろう？」

口調は厳しい。だけど、嬉しかった。

彼に怒られたかった。彼に触れたかった。彼に……会いたかった。

キュッと唇を噛みしめ、泣き出してしまいそうになるのを堪える。

今、ここで泣いてしまったら、彼の姿が涙で揺らいで見えなくなってしまう。

「美花、君が犠牲になることなんてないんだよ」

「大晟さん」

「もう離さないって言っただろう？　俺の言うことが聞けない悪い子はお仕置きだな」

「……っ」

我慢していた涙は、もう自分の意思では止められなかった。ハラハラと涙が頬を伝っていく。

自分一人が我慢すれば、丸く収まる。

その一心だけで、独断で決めようとしてしまった。

だけど、それは間違いだったのだ。北尾に脅されたからと言っても、曲げてはいけない想いというものはある。

「ごめんなさい、大晟さん」

泣きじゃくる美花に、彼はそのたくましい腕を広げた。

おいで、と彼の目が伝えてくる。

一歩、彼に向かって歩き出そうとした。だが、それを北尾の手が阻止してくる。

美花の腕を掴み、大晟の元へ行こうとするのを遮った。

「北尾さん！」

「ダメですよ、お嬢。貴女は私の妻になる。そう約束したでしょう？」

ギュッと力強く掴んできたため、痛みを感じる。顔を歪めると、北尾は懇願してくる。

「お嬢、私は貴女を大切にしたいのです。大人しくしていてください」

有無を言わせぬ態度でそう言うと、今度は大晟を冷徹な目で見つめた。

北尾を見て、父は組の者を呼ぼうとする。しかし、それを大晟は拒んだ。

「人はいりません」

一触即発。そんな緊張感が漂う和室に、北尾の声が響く。

「貴方は引っ込んでいてくれませんか？」

北尾は美花の手を離すと、大晟に向かって殴りかかった。

危ない。美花は咄嗟に叫んだのだが、今ある光景を見て目を見開く。

殴ろうと振り上げた北尾の手が、大晟の左手に掴まれていたのだ。

両者、一歩も譲らぬ様子で睨み合っている。

何度も取っ組み合いの攻防戦が続き、部屋が荒れていく。障子は破れ、襖は音を立てて外れる。

大の大人が真剣勝負で殴り合う。そんな光景を目の当たりにし、美花は恐怖でその場から動けない。

やめて！　何度も叫びたくなったが、声を出せなかった。

口を挟んではいけない。そんな空気感があったからだ。

北尾は掴まれていた手を振り払い、再び大晟に拳を向けてくる。

思わず目を覆いたくなった、次の瞬間だ。

大晟が北尾の振り上げてきた手を掴んだと思ったら、そのまま背負い投げをした。

北尾の身体が宙を舞い、バンッと畳に叩きつけられる音が響く。

身を丸くして寝転がり、呼吸を荒立てている北尾の頭元に立った大晟は彼を見下ろした。

「俺のことを部外者と言ったが……。それはお前の方だ」

「なに……！」

よろよろとした足取りで立ち上がった北尾を見て、大晟はその魅惑的な唇を妖しげに上げた。

「こんなところでモタモタしていていいのか？」

返事をしない北尾に、大晟が動き出している情勢を告げてくる。

「北尾。お前の地位はすでにないものと同然だぞ？　こうして清香組長に楯突いたんだ。もう、お前はこの組の若頭ではいられない」

一呼吸置いたあと、大晟は冷淡な口調で現実を北尾に突きつける。

「もちろん、紅葉谷組の方も見切りをつけたようだが？」

北尾は目を泳がせたあと、「そんなはずは……」と小さく呟く。

北尾には確信があったのだろう。紅葉谷組が自分を切り捨てるはずがないという絶対的な自信が。

何か向こうの弱みになるような切り札を彼は持っているのかもしれない。

北尾が反論しようとすると、スマホの着信音が鳴り響く。どうやら北尾のスマホからのようだ。

スマホのディスプレイを見て、顔色が変わる。

彼は、苛立った様子で通話に出た。

相手が誰なのか。美花にはわからなかったが、大晟を見る限り電話の主が誰なのかわかっている様子だ。

「クソッ！」

スマホを叩きつけ、北尾は大晟を怒りに満ちた目で睨み付けてきた。

その目は、真っ赤に燃えているようにも見える。

「佐宗大晟……！　お前、何をした!?」

「……何も？」

「嘘をつけ!!」

北尾は壁を叩き、その怒りを示した。それを見て、大晟は冷静な様子で口を開く。

「俺は会社を運営している、ただの経営者だ。極道の世界とは一線を引いている。だがな……。だからこそ、できることもある」

「紅葉谷のフロント企業に圧力をかけたのか？」

「圧力なんて言いがかりだな。ただ、企業の力の差を見せつけただけ。まぁ相手もなかなかしぶとくて折れなかったが、ようやく諦めたか。なかなかにいいタイミングだったな」

その言葉の意味を、北尾は把握したのだろう。怒りに身体を震わせている。

そんな北尾を見て、大晟は憐れんだ目を向けた。

「紅葉谷組からしたら、お前の価値といえば〝清香組若頭〟という肩書きと、それを利用して清香の直系である美花を娶り、組を乗っ取ることができるということだけだ。しかし、お前は失敗した。そんな、お前に価値を見いだせないだろう」

「……っ」

「そもそも、お前は紅葉谷組を利用しようと考えていたようだが、向こうだって同じだ。北尾を利用して清香組を乗っ取る算段だった」

北尾は、顔を歪めて唇を噛む。彼としても、それは想定内だったはずだ。

だが、北尾に勝算はあった。清香の正統な血筋である美花を手にすれば、清香組を手中に収めることができる。

そうすれば、今は清香組組長に付いている組員たちだって北尾側に付く。

紅葉谷組よりシマの大きさも人員も遥か上なのだ。清香組が格下相手に負けるはずがない。

さらに、紅葉谷組を脅す弱みも握っていたのかもしれないが、そんなことよりフロント企業への圧力の方がダメージが大きかったのだろう。

天秤にかけられ、易々と紅葉谷組は手のひらを返した。

北尾の驕りと過信が招いた結果だ。大晟は、静かな口調でそう諭した。

大晟に殴られ、唇の端が切れたのだろう。北尾はそこに手で触れて顔を顰めながら、砂壁に身体を預ける。

ボロボロになっている北尾に、大晟は「間違っていたんだよ」と言い放つ。

「美花を利用して、組を乗っ取ろうとすること自体が間違っている」

「佐宗……」

痛いところを突かれたのだろう。北尾の顔が、惨めに歪んだ。

大晟は乱れてしまった髪をかき上げたあと、北尾の首元を両手で掴む。

苦しそうに顔を歪める北尾を見て、大晟は静かに怒りを燻らせていた。

「俺の大事な女に手を出して、ただで済むと思っているなら。お前は大馬鹿だ」

持っていた首元をグイッと掴み上げ、北尾を怒りの形相で睨み付ける。

そして、首元を掴み上げたまま北尾を力強く押して離した。北尾の身体は襖に激突し、大きな音を立てて襖ごと彼は転がる。

「同じ女を愛したお前だから言っておく」

大晟は、北尾に凍えてしまいそうなほど冷たい視線を向けた。

「お前は覚悟が足りないんだよ。だから、俺に負けるんだ」

「負けてなど――」

北尾が反論しようとした声を、大晟が厳しい声でかき消す。

「美花を愛したくても愛せない、とずっと耐えてきた。それは、お前も同じだったんだろう？」

北尾が視線を落とす。静まり返る、この荒れ放題になってしまった和室。

そこに大晟の声が響く。

「俺は美花を一生愛する覚悟をした。彼女を、どんなことからも守るつもりだ。その決意はお前もしていたんだろう。だが、お前はやり方を間違えた。これでは、美花を幸せになどできない」

大晟の話に耳を澄ますだけで何も言わなかった北尾が顔を上げる。

そして、大晟を真摯な目で見つめた。

「佐宗、お前だって極道の血が流れている。私と同じ穴の狢《むじな》だろう？」

大晟の眉がピクッと動いた。何かを言おうと唇が震える。

だが、それだけで何も言葉を発しない。

北尾が口元に笑みを浮かべるのを見て、美花は咄嗟に大晟を守るように彼の前に立つ。そして、北尾を見下ろした。

「それは、私も一緒です」

「お嬢？」

「私だって清香の血が入っている。大晟さんと同じ、極道の世界と繋がっているんです。だけど、それを憂いてきたのは同じ。私たちの境遇はよく似ている」

北尾の攻撃から守るように両手を広げた。

「だから、私も彼を愛していいのか。ずっとずっと悩んできた。だけど、もう覚悟を決めたんです」

北尾の目が大きく見開く。彼の目をまっすぐに見据えて、美花は決意を新たにした。

「私は大晟さんを愛する覚悟をした。だから、私が彼を一生守りたい。守っていく！」

大それたことを言っているのは自覚している。だけど、本心だった。

いきり立った美花の身体。フッと力が抜けたのは、背後から大晟が優しく抱きしめてくれたから。

彼の体温を感じ、知らぬうちに涙が浮かんできてしまう。

それを隠すように振り返って、彼の胸板に顔を押しつけた。

大晟の腕の中は安心する。

ようやく大晟に触れることができた喜びが湧き上がってきて、声を上げて泣きたくなった。

鼻を啜っていると、北尾が悲しみを滲ませて呟く。

「……引き際、だな」

自分に言い聞かせたあと、決意をしたように言う。

「オヤジ。いかなる処罰も受ける覚悟です」

振り向くと、北尾が畳に額を擦り付けながら父に頭を下げていた。

先程までのギラギラと野望に満ちた空気感はない。意気消沈している様子だ。

父は少しの沈黙のあと、苦々しい口調で言う。

「北尾、お前は破門だ。二度と清香組の名を名乗ることも、敷居を跨ぐことも許可しない。出て行け」

「……はい」

清香組を心底愛していた北尾にとって、一番重い罰だろう。

父に逆らってでも、何かを失う可能性があったとしても、彼は清香組を守りたかったはずなのに。

よろよろと立ち上がり、部屋を出て行こうとする。そんな彼に、ふいに声をかけた。

「北尾さん」

なんだかもう二度と会えない、そんな気がしたからだ。

彼とは色々あった。許せるのかと聞かれても、なんと答えていいのかわからない。

本来なら許せないと断罪するところなのだろう。

だけど、それができないのは、彼がこれまで陰ながら父や美花を見守ってくれていたのを知っているからだ。

北尾の気持ちに応えることはできなかったけれど、それでも彼に対して心を許していたのは確かだ。

彼は足を止めてこちらを見つめ、美花がよく知る笑顔を見せてくる。

「お嬢——」

何かを言いかけた。だが、彼は小さく首を横に振っただけで、何も言わない。

ただ、熱い視線をジッと向けられる。

複雑な気持ちで彼を見返すと、北尾は小さく会釈をした。そのあと、今度は清香の組長である父に深々と頭を下げて出て行った。

彼の退室とともに、この場は落ち着きを取り戻す。

外に先程までいた紅葉谷組の者たちは、すでにいなくなっていた。

上からの指示が入り、北尾に見切りをつけた旨を聞いたのだろう。早急にこの場をあとにしていたようだ。

しかし、ここまで事態を引っかき回した紅葉谷組に対してケジメをつけさせないといけない。

父と大晟は難しい顔をして、そんなことを話している。

まずは一度秋雷会の組長である大吾さんと話してからだな、と父は大きく息を吐き出した。

「これで、ようやく美花は自由になれる。今まで本当にありがとう」

深々と頭を下げる父を見て、慌てた大晟は「頭を上げてください」と懇願しながら父の目の前に正座をする。

大晟は背筋を伸ばしたあと、顔を上げた父を真摯な目で見つめた。

「清香組長、折り入ってお願いがあります」

真剣な顔で切り出す大晟を見て、父は盛大にため息をついて肩を竦めた。

「君が言いたいことは、なんとなく予想はついている。しかし……」

どこか落胆した様子の父は、美花に視線を送ってくる。目が合うと、父は手招きをした。

戸惑いながらも父に近づき、大晟の隣に正座をする。

父は二人の顔を交互に見つめたあと、「いつからだ」とボソッと呟いた。

大晟と顔を見合わせて首を傾げていると、父は痺れを切らしたように声を荒らげる。

「いつからお前たちは、そんな仲になっていたんだ？」

そう言うと、父は美花の顔を凝視してきた。その迫力たるもの、さすがは極道の組長だと言うべきだろうか。

固唾を呑んだあと、美花が「三年前」と呟くと、父は右膝を立てて大晟に殴りかかろうとする。

「そんな前から付き合っていたのに、どうして挨拶の一つもなかったんだ！」

「ご、誤解です！」

激昂する父を、大晟が必死に止める。そんな二人を見て、質問の意味が違ったのだとそこで知る。

「違う！　三年前に大晟さんと知り合ったの。それからずっと、私の片想いだったの！」

三年前、痴漢に遭った美花を大晟が助けてくれたのをきっかけに、少しずつ仲を深めていったこと。

それでもお互い自分の境遇を憂いて、告白はできずにいたこと。

今までの出来事を全部洗いざらい父に話すと、なぜだか肩を落として意気消沈してしまった。

「えっと……、お父さん？」

どうしたの？　と話しかけると、父はどこか拗ねた様子で顔をそらしてしまう。

そして、ぽつりと小さな声でふて腐れたように呟いた。

「……まだ、娘はやらん。やりたくない」

「お父さん？」

「美花は、俺のかわいい一人娘だ。絶対に渡したくない」

父の顔を見るために顔を覗き込むと、憮然とした表情を隠しもしない。

どうやら、へそを曲げてしまったらしい。

ばつが悪くなったのか。父は、勢いよく立ち上がり部屋を出ようとする。

それを止めようとすると、急に父が立ち止まって背を向けたままで言う。

「娘を頼む。大晟くん」

「清香さん！」

「でも、まだ結婚は許さんからな！」

それだけ言うと、足早に出て行った。

その言葉から、二人の仲を認めたのは苦渋の決断だという思いが伝わってくる。

目を丸くして驚いていた大晟と美花だったが、顔を見合わせて吹き出した。

「お父さん。ああ見えて、かわいいところあるんですよ」

「そうみたいだね。清香組長は、厳しく怖くて有名な人だけど……」

クスクスと声に出して笑い合ったあと、大晟が美花の頭に手を伸ばしてポンポンと優しく触れてきた。

「さっきの続きは、また今度にしよう。仕切り直しだな」

「さっきのって？」

想像がついて顔を赤らめていると、彼は再び頭に触れる。

「もちろん、お嬢さんを俺にくださいっていう台詞だよ」

「っ！」

父に続き、今度は自分が退散したくなった。顔が熱くなり、慌てて彼から顔を背ける。

だけど、それを妨げるように、彼は美花を抱き寄せてきた。

「その前に、またプロポーズさせてね？　美花」

「……」

「あれ？　初めてをもらったとき、ちゃんと美花に伝えたよね？　一生大事にするって」

確かに言われている。だけど、あのときはもう二度と大晟とは会えなくなるかもしれないと不安に揺れていたため、大晟にプロポーズされても結婚は叶うことはないと思っていたのだ。

はい、とゆでだこみたいに真っ赤になった顔を隠しながら頷くと、大晟は顔を覗き込んできた。

「でもあんまり悠長にしていたら、第二の北尾が現れるかもしれないし……」

ちょん、と鼻の頭を彼の指で優しくつつかれる。目を丸くしていると、彼は妖しげに口角を上げた。

「美花に結婚するって言わせちゃおうかな」

「え？」

確かに前回プロポーズされたときとは違って、状況は好転している。

美花が彼からの気持ちを受け入れても、何も問題はなくなった。

ただ、父を説得してからではないと難しそうだ。そんなことを考えていたのだけれど、なんだか雲行きが怪しくなってきた。

彼によって、急に抱き上げられたからだ。

「ちょ、ちょっと！　大晟さん!?」

あまりの急展開に目を白黒させていると、彼はドキッとするほど蠱惑的な目で見つめてくる。

「さぁ、俺たちの家に帰ろうか」

「え？　でも、お父さん……」

父の様子を見る限り、かなり拗ねていた。確かに大晟に「頼む」とは言っていたが……。

そんな不安を口にすると、彼は首を横に振った。

「大丈夫。お父さんは、反対していないよ。ただ、覚悟していたとはいえ、急に結婚話が進みそうになって寂しくなっただけ」

「え？」

「そうでなければ、美花を俺に託すはずがないだろう？」

確かに、その通りだ。いきなり本当の結婚話が出てきて、父は戸惑っていただけかもしれない。

頷く美花に、大晟は父に今回の作戦——仮の婚約をして美花を守る——を打診したときのことを教えてくれた。

大晟と婚約したと世間に広がったとしても、極道の世界とは一線を引いている大晟なら、この作戦が終わったあとも支障が少ないだとか。

大晟名義のマンションを二部屋続きで所有しているので、その一部屋を美花に貸す。そうすれば、美花にはのんびり過ごしてもらえるし警備が楽に済むだとか。

それはもう、次から次に大晟と一緒にいる方が断然お得だと父を説き伏せたようだ。

しかし、父への説得の中に若干嘘が盛り込まれている。

二部屋続きで彼所有の部屋があるなんて初耳だ。それもそのはず、美花はずっと大晟と同棲していたのだから。

この事実を父が知ったら、間違いなく卒倒してしまう。

「で、でも……。あの時点で私たちは」

「うん、想いが通じ合っていて恋人同士になっていた。と思っていたのは実は俺だけだったから、清香組長には付き合っていることは言えなかったけどね」

ギロリと恨みがましい目で見つめられて、居心地が悪い。

確かに逃げ回っていたのは美花だ。あの状況で父に「俺たちは付き合っています」とは言えなかったのだろう。

正式に心が通い合ったのは、秋雷会での夜。大晟は別に父に嘘は言っていないということになる。

ただ、二人の関係が進展していることに父は薄々と気がついていたのかもしれない。だからこそ、先程の発言——いつからお前たちは、そんな仲になっていたんだ？　と聞いてきたというわけだ。

最後の最後には、大晟は美花を守り抜いた。

その功績を見て、父も折れなければと思ったのだろうけど……。さすがに結婚の挨拶は早すぎたようだ。

大晟は美花を抱えたまま寺の本堂を出て山門を潜《くぐ》る。そこには、大晟の秘書が車を寄せて待っていた。

「大晟さん。美花さん。ご無事でよかったです」

「こんなところまで悪かったね」

大晟が労うと、彼は恭しく首を横に振る。

そして、「バイクは部下に運ばせました」と用意周到な彼らしく仕事はとても速い。

大晟は美花をようやくその腕から下ろすと後部座席へと促す。

「さぁ、帰ろう」

「はい！」

二人で車に乗り込むと、彼はすぐさま手を繋いできた。

その温かなぬくもりを感じて、急に眠気が襲ってくる。ここまで気が張り詰めて疲れていたということだろう。

彼はそんな美花に肩を貸してくれて「おやすみ」と甘く囁く。その優しい声色にうっとりしながら、次第に瞼が落ちていった。

12

大晟の秘書にマンションまで車で送ってもらったのだが、お礼を言う間もなく大晟に手首を引かれエントランスに連れて行かれる。

後ろを振り返り、秘書に会釈だけする。すると、彼はなぜかニコニコと意味深な笑みを浮かべていた。

首を傾げている間にも大晟はオートロックを解除して、マンション内へと入っていく。

彼は依然として美花の手首を掴んだまま、エレベーターへと向かった。

その足取りの速さに呆気に取られながら声をかける。

「大晟さん！　どうしたんですか？」

なぜか切羽詰まった様子の彼が気にかかり聞いたのだけど、返事はない。

彼はエレベーター内へと入っていき、そのまま美花も引き込まれてしまう。

なんだか乱暴な手つきで指定階のボタンを押すと、彼は美花を壁に押しつけてきた。

「大晟さん？」

急な出来事で目を見開く。エレベーターの扉がゆっくりと閉まるのを視界に捉えた瞬間、彼が甘い声で名前を呼ぶ。

「美花……」

え、と声に出そうとしたのだが、その前に彼の唇と舌にすべてを奪われてしまった。

久しぶりの絡みつくような情熱的なキスに身体がすぐに反応する。

「ぁ……はぁ……んぅ」

彼の舌が絡んでくる。あまりの快感に、ゾクリと背筋に刺激が走った。

――気持ち、いい……っ。

最初こそ驚いたが、すぐに彼の虜になってしまう。

もっと彼に触れてもらいたい。そんな淫らな気持ちが込み上げる。

美花から舌を絡ませると、より深いキスを仕掛けられた。

何度も甘やかな快楽を植え付けられ、一人では立っていられなくなる。

身体から力が抜けて彼に寄りかかると、彼がつむじにキスを落としてきた。

「かわいい、美花」

「大晟さ……ん」

熱の籠もった目で見つめると、彼の目が野獣のように色を濃くする。そして耳元で囁いてきた。

「美花を抱きたい。我慢できない」

美花は瞬きをして、切なそうに顔を歪めている大晟を見つめる。

二人の甘やかな時間を止めるように、エレベーターが到着し扉がゆっくりと開く。

「行こう」

美花を促すように腰を抱くと、大晟は自身の部屋へと足を進めていく。

スマホをかざしてドアを開くと、美花の腕を掴んで中へと引き込んだ。

大晟は、靴を脱ぐのももどかしいとばかりに部屋へと上がっていく。

彼に引っ張られ、美花も慌ててパンプスを脱ぎ捨てた。

揃える暇を与えられなかった靴たちは、玄関に散らばったまま。

それを視界の端に捉えながら大晟に手を引かれて寝室へと行くと、そのままベッドに押し倒されてしまった。

視界には、ギラギラとした捕食者のような目の大晟が映る。

「美花」

美花の黒く長い髪を一房掴み、彼は口づけをする。そして、唇を髪に押しつけたまま訴えてきた。

「抱いて、抱いて、抱き潰して……。俺だけの美花だって確信したい」

「大晟さん」

「ダメ？」

情欲を含ませた目で懇願され、胸が痛いほど高鳴ってしまう。

――私だって欲しい。

彼に愛されているという証が欲しくて堪らない。

それに、もう身体は彼によって情欲の火を灯された。

我慢できないのは、美花も同じだ。

承諾の意味で小さく頷くと、彼に唇を愛撫されてしまう。そう表現するのが正しいと思えるほど、大晟は美花の唇を何度も食んだ。

甘噛みしたり、舌で輪郭をなぞったり。そうかと思えば、先程エレベーターでしたキスのように、美花の口内を余すところなく丁寧に触れてくる。

キスに翻弄されているうちにコートと着ていたブラウスのボタンを外したあと、身体を弄られる。

最初こそ冷たかった身体だが、彼の熱と愛撫で火照っていく。

服を剥ぎ取るのももどかしい。そんなふうに彼は思っているのか。

脱ぎかけのまま隅々まで触れられて、ますますいやらしい気持ちになる。

ブラジャーのホックを外されてカップを上にずり上げられると、まろび出た乳房を揉みしだかれる。

大晟はそのまま顔を埋め、ツンと硬く尖っている頂を口に含み、舌で転がした。

そのたびに身体が跳ね上がり、恥ずかしくて仕方がなくなる。

胸を愛撫し続けていた彼の手は、今度はスカートの裾から中へと侵入を試みた。

黒タイツをはいているため、彼が太ももに触れるたびにザラリとした感触がする。

彼の手は、太ももから上へ上へと上がっていく。そして、ウエスト部分まで来るとタイツとショーツを一気に下ろしてしまった。

現在の美花の格好は、かなり淫らだろう。

上半身はコートとブラウスの前を開けさせられたまま、ブラジャーはずり上げられた状態。

そして下半身はタイトスカートが捲り上げられ、タイツとショーツはふくらはぎの辺りに丸まったまま。

自分の姿を想像しただけで恥ずかしくなって、顔が熱くなってくる。

「大晟さん、お願い。全部脱がせて?」

まだ裸の方が恥ずかしくないかもしれない。そう彼に縋ったのだけど、「このままで」と言って愛撫の手を止めなかった。

彼を軽く睨めつけると、大晟は切羽詰まった様子で美花の目元にキスを落とす。

「ごめん、美花。本当……余裕がない」

「大晟さん？」

「二回目は、ゆっくりかわいがるから……今はこのままさせて？」

色々と突っ込みどころ満載なことを言われ、慌てて抗議しようとした。

しかし、理性を失っている彼を止められるはずがない。

タイツとショーツを脱がされ、ベッドの下へと放り投げられると、彼の長く男らしい指は茂みをかき分けて一番熱い部分に触れてきた。

「あぁ……っ！」

思わず背をそらして快感を逃す。だが、逃がしきれないほどの快楽を次から次へと与えられていく。

熱く湿った場所を開き、そこに顔を埋めてきたのだ。

花芽にチュッとキツく吸い付かれ、ビクビクッと下腹部が震えてしまう。

ハァハァと呼吸を乱している美花を上目遣いで見つめながら、大晟は指と舌を使って花芽や蜜路に触れてくる。

彼に触れられた場所、すべてが熱い。湯煎したチョコレートみたいにトロトロに蕩けてしまいそうだ。

ヒクヒクと蜜路が震えているのがわかる。そこに指を入れ込んでいる彼にも伝わってしまっているだろう。

恥ずかしくなって視線をそらそうとしたのだが、それを咎めるように彼は花芽を唇で咥えてきたのだ。

「あああっ……っ!!」

達してしまった。それも強烈な刺激で、足先に力が入ってしまう。

ピクピクッと太ももが震えたあと、一気に身体から力が抜けてシーツに沈み込んだ。

少し休憩させてほしい。今、彼に触れられたら、身体が甘く反応してしまう。

しかし、呼吸を整えようとしている美花の足に大晟がすぐさま触れてきた。そして、彼はそのままその足を大きく広げる。

敏感になっている肌に触れられたことで甘く喘ぐと、彼は蜜が滴っている場所へと腰を押しつけてきた。

そして、すでに準備を済ませた熱塊を一気に奥へと押し進めてくる。

「ああっ……はぁぁ……んんっ!」

目の前にチカチカと光が飛び散り、美花はまた達してしまった。

彼は身体を密着させ、耳元で囁く。

「イッちゃったね、美花。かわいい」

大晟のその声がとてもセクシーで、それだけで下腹部が喜ぶように収縮した。

突然訪れた刺激に彼が眉を顰めて、恍惚とした表情を浮かべた。

それを見て、彼が自身の一番近くにいるのを実感して嬉しくなる。

もっと気持ちよくなってもらいたい。

腕を伸ばして彼の頭に触れる。そして、引き寄せてキスをした。

柔らかくて熱い彼の唇。それが今、自分のモノになったのだと確信できて幸せを感じた。

「好き、大晟さん」

「っ！」

彼が息を呑んだ。すると、美花の体内に入っていた熱塊がより大きくなったのを感じる。

驚く美花に、彼は蠱惑的な表情を浮かべてほほ笑んだ。

「美花が俺を欲情させたんだよ？　責任取ってくれる？」

いつもだったら慌てて止めていたかもしれない。だけど、今夜の美花は拒まなかった。

小さく頷いて、彼にほほ笑み返した。

「いいですよ。責任取ります」

「美花？」

「大晟さんも、責任取ってくださいね？」

「え？」

美花の言葉にビックリしている様子の彼に口角を上げて見せたあと、彼の首筋に吸い付きキスマークをつけた。

その赤くなった場所を指で撫でながら、彼を見つめる。

「私をこんなふうに淫らな女にしたのは、大晟さんなんですからね」

すると、大晟の顔が一気に赤くなった。こんなふうに照れる彼を見られるなんて、結構貴重なことだ。

目に焼き付けておきたかったのに、それは叶わなかった。彼の腰の律動が激しくなったからだ。

彼は腰を掴み、貪欲に美花を求めてくる。

蜜音を立てて、何度も何度も穿つ。

そのたびにどんどん高みへと押し上げられ、甲高い嬌声《きょうせい》を上げるしかできなくなる。

「だ、だめぇ……ぁ、あんん！」

「美花……ぁ、……美花っ」

彼の背中に腕を回して、ギュッと抱きついた。

もう二度と離さない。そんな気持ちを込める。

一気に浅くまで引き抜かれ、そして最奥を目指して腰を押しつけられた瞬間。目の前が真っ白に弾けた。

それは彼も一緒だったらしく、ナカでドクドクッと脈打つ振動が伝わってくる。

彼の熱を体内からも感じる、この時間。何度味わっても、嬉しくて涙ぐんでしまう。

「美花、愛している」

まどろみの中、彼に力強く抱きしめられた。

その広くて安心できる胸板に頬ずりをして、この甘く幸せな余韻を味わう。

このまま彼の体温を感じながら寝てしまいたい。車で眠ったのにもかかわらず、まだ寝不足は解消されていないようだ。

うとうとしそうになっていた美花だったが、なぜか大晟が中途半端に脱ぎかけていた衣服をすべて脱がしてきた。

美花が全裸になると、大晟も自ら服を脱ぎ、一糸まとわぬ姿になる。

驚く美花を見下ろし、彼は情欲を滲ませた表情で口角を上げる。

「約束だったよね」

「え？」

「二回目は、ゆっくりかわいがるからって言ったはずだよ」

大晟が何を言っているのか理解できなかった。

しかし、そういえばと先程彼が言っていたことを思い出したのだ。
服を脱がせてほしいと懇願したとき、彼は言っていた。
今は我慢ができないからこのままさせて。だけど、二回目はゆっくりするから、と。
無理です、と止めようとしたが、あえなく撃沈。
しょうがない。結局、彼に触れ、触れられるのが好きなのだ。
再び甘い啼き声を出しながら、彼の熱に翻弄され続けたのだった。

エピローグ

三月吉日。桜の開花が例年より早くなり、神社の控え室から見える桜の木は見事な花を咲かせていた。

今日は、大晟と美花の結婚式だ。

家族だけで行う、こぢんまりとした神前式を予定している。

北尾と紅葉谷組との騒動から一年以上が経過した。二人はゆっくりと愛を育み、今日という日を迎えた。

美花は白無垢を身に纏い、椅子に座ってあの出来事を思い出す。

北尾はあの一件以降、姿を消してしまった。

海外に逃げたのではないかという噂だけで、誰も彼の消息を知らない。

色々な出来事があったので、北尾に対しては複雑な感情を抱いている。だけど、生きていてほしいと思う。

彼は清香組のこと、祖父のことを真剣に考えるあまり見境がなくなっていたのだ。

だからこそ、今は自分を大事にしてほしい。そう思っている。

ふと、この部屋に飾られているフラワーアレンジメントに目を向けた。

これは、現在他県で働いている蝶子からだ。

彼女が、二人の門出を祝ってくれている。それを見て、ようやく何もかもが終わったのだと感慨深く感じた。

彼女が北尾と手を組んだのは、北尾は美花を、蝶子は大晟をどうしても我が物にしたかったからだ。

北尾がどこで大晟に想いを寄せる蝶子の存在を知ったのかはわからない。だが、蝶子は行きつけのバーで彼と知り合ったと言っていたらしい。

利害が一致していたため、お互い協力してことに及んだと聞いた。

「今までは大目に見ていたが、今回ばかりは許せない」

そう決断した秋雷会が蝶子に下した制裁は、秋雷会への出入りの禁止だ。二度と敷居を跨いではいけないと命じたらしい。

そんな経緯があり、現在、彼女は遠く離れた山間の町で静かに暮らしているようだ。

大晟と蝶子に身体の関係があると彼女から聞かされていたことを大晟に言うと、「命をかけてもいい。そんなことは絶対にない！」と必死な形相で無実を訴えてきた。

モザイクガラスのランプの件についても言及すると、「勘弁してくれ」と大晟は項垂れた。

あのランプは、カフェ〝星の齢〟オープン時に大貴からプレゼントされたものらしく、手渡されたときにその場に蝶子もいたようだ。

だからこそ、あのカフェの二階にあるベッドにモザイクガラスのランプが置かれていることを彼女は知っていたのだ。

その事実を聞いて、ホッと胸を撫で下ろしたのは言うまでもない。

大晟と蝶子は幼なじみであり、兄妹のように育ってきたという。

だが、大人になるにつれて蝶子が大晟に恋心を募らせるようになった。

それに応えられないと大晟は何度も断っていたらしいが、蝶子は諦めきれず北尾と手を組んでしまったのだろう。

すべて収拾がついたが、美花はあのときの直視できないほどの醜い感情を思い出すたびに辛くなる。

真相を聞いたときに顔を顰めながら大晟に伝えると、彼は何かを思い出したように意地悪く聞いてきた。

「もしかして、それが原因で俺は美花に押し倒されたのかな？」

言いたくはなかったが、この際だからとカミングアウトしたのだけど……。

「そうかぁ、ヤキモチ妬いてくれたんだ」

彼がそう言ってとても嬉しそうな顔をしていたのが、なんだか悔しかった。

あのときのことを思い出して唇を尖らせていると、紋付き袴姿の大晟が美花のいる控え室に顔を出した。

ドキッとした。和装も似合うだろうと思っていたが、想像以上だ。

ほぅと感嘆のため息をついて彼を見つめていたのだけど、大晟は視線を美花に向けたまま微動だしない。

「大晟さん？」

どうしたのかと不思議に思って声をかけると、彼は頬を赤らませて目尻を下げた。

「すごく似合っている」

「え？」

「美花、とっても綺麗だよ」

ゆっくりとした足取りでこちらにやって来た彼は、腰を屈めて顔を覗き込んでくる。

え、と驚いたときには、唇に柔らかく温かな感触が――。

目の前にいる大晟の唇を見ると、真っ赤な紅がついてしまっている。

それを指摘すると、彼は親指で唇を拭う。その仕草がとてもセクシーで、心臓が高鳴る。

視線を落として恥ずかしがる美花に、彼は真摯な瞳を向けてきた。

「愛しているよ、美花。ずっとずっと好きだった。誰にも渡さない」

どこか焦燥感たっぷりで言う彼を見て首を捻る。

結婚式当日に言うような台詞ではないように思うのだけど。何かあったのだろうか。

率直に聞くと、なぜか大晟は面白くなさそうに唇を歪めた。

「……秋雷会の相談役のおっさんが、未だに諦めないから」

「え？」

秋雷会の次期組長になる予定の若頭、大貴と美花を結婚させたい。

清香組長に実子《美花》がいると判明したとき、「こんな良縁はない！」と秋雷会幹部は色めきだったようだ。

二人が結婚すれば清香組と手を組むことが可能になり、秋雷会の繁栄に繋がるだろうと目論んでいたのだろう。

今朝方秋雷会の相談役から再度電話があり、「清香のお嬢を若頭に――」とグダグダ言われたのだと言う。

――なるほど。それでご機嫌斜めということなのね。

彼と付き合うまでは、大晟は大人だから美花では釣り合わない。そんなふうに思っていた。

だけど、実は美花より年下に見えることも多々あり、なんだかホッとしたのは彼には内緒だ。

色々な素顔を知るたびに、彼との距離が近づいていく。

それが何より嬉しい。

「何を心配しているのかと思えば……」

思わず笑みを浮かべると、大晟は眉尻を下げて困ったようにほほ笑んでくる。かわいい。

こんなに大晟にメロメロになっているというのに、彼は気がついていない。

彼に手を伸ばし、その精悍な顔に触れる。頬を両手で包み込んだあと、腰を上げてキスをした。

目を見開く大晟を見て、幸せな気持ちが心の奥から満ちてくるのがわかる。

「私は大晟さん一筋です。何があっても貴方のことが好きですよ」

頬を赤らめた大晟を見て、もう一度唇を重ねる。

すると、美花を軽く睨めつけながら彼が拗ねた。

「コラ、大人をからかうんじゃありません」

「からかってなんていないです。……大晟さんを愛しているだけです」

言ったそばから恥ずかしくなってきた。

ソッと視線をそらすと、それは許さないとばかりに彼はキスをしてくる。

「美花はもう、俺から目をそらしたらダメだよ」

「はい」

引かれ合うように何度もキスをして、額を突き合わせてほほ笑んで。

式が始まるまで、二人で何度キスをしただろうか。

そろそろ式を始めます、と巫女が呼びに来て慌てて唇を離す。

声を潜めて笑い合いながら、もう一度だけキスをした。

あとがき

ここまでお読みいただき、ありがとうございました。橘《たちばな》柚葉《ゆずは》と申します。

このたびルネッタブックス様より、初めて作品を刊行させていただきました。

ありがとうございます。

作品、楽しんでいただけたでしょうか？


さて、今回挑戦させていただいたのは『極道モノ』だったわけですが、今まで書いたことがなかったジャンルでして緊張しながらの執筆でした。

アウトローな世界に元々身を置いていたヒーローの大晟と、実は訳ありな血筋である美花。

二人の前途多難だった恋に、ハッピーエンドの終止符を打てたことが嬉しいです。

とはいえ、まだまだ二人の恋は始まったばかり。これからも大晟は重すぎる愛で美花を包み込んでいくことでしょう。

イラストを担当してくださったのは、ワカツキ先生です。本当に素敵なイラストを描いていただき感謝でいっぱいです。

キュートな美花を見て「愛おしくて堪らない！」と言わんばかりの大晟。

イラストを拝見したとき、二人の優しい世界観にうっとりしました。

本当にありがとうございました。


今作を刊行するにあたり、ご尽力くださった皆様にお礼を言わせてください。

ルネッタブックス編集部様、担当様など、皆様のおかげで、こうして読者様に作品を読んでいただくことができました。ありがとうございました。

なにより、本を手に取り読んでくださった読者の皆様方。

本当にありがとうございました。

皆様の息抜きの一つとしてお役に立てていましたら幸いです。

また違うお話でも、皆様とお会いできることを楽しみにしております。

橘柚葉

ルネッタ ブックス

元極道 CEO の重すぎる深愛

仮婚約者はひたむきで獰猛

2023年12月25日　第１刷発行　定価はカバーに表示してあります

著　者　橘 柚葉　
編　集　株式会社エースクリエイター
発行人　鈴木幸辰
発行所　株式会社ハーパーコリンズ・ジャパン
東京都千代田区大手町 1-5-1
03-6269-2883（営業部）
0570-008091　（読者サービス係）
印刷・製本　中央精版印刷株式会社

Printed in Japan
ISBN978-4-596-52932-9

※この作品はフィクションであり、実在の人物・団体・事件等とは関係ありません。